WARNING

THE ROOMS HERE ARE ALL IN DANGER!

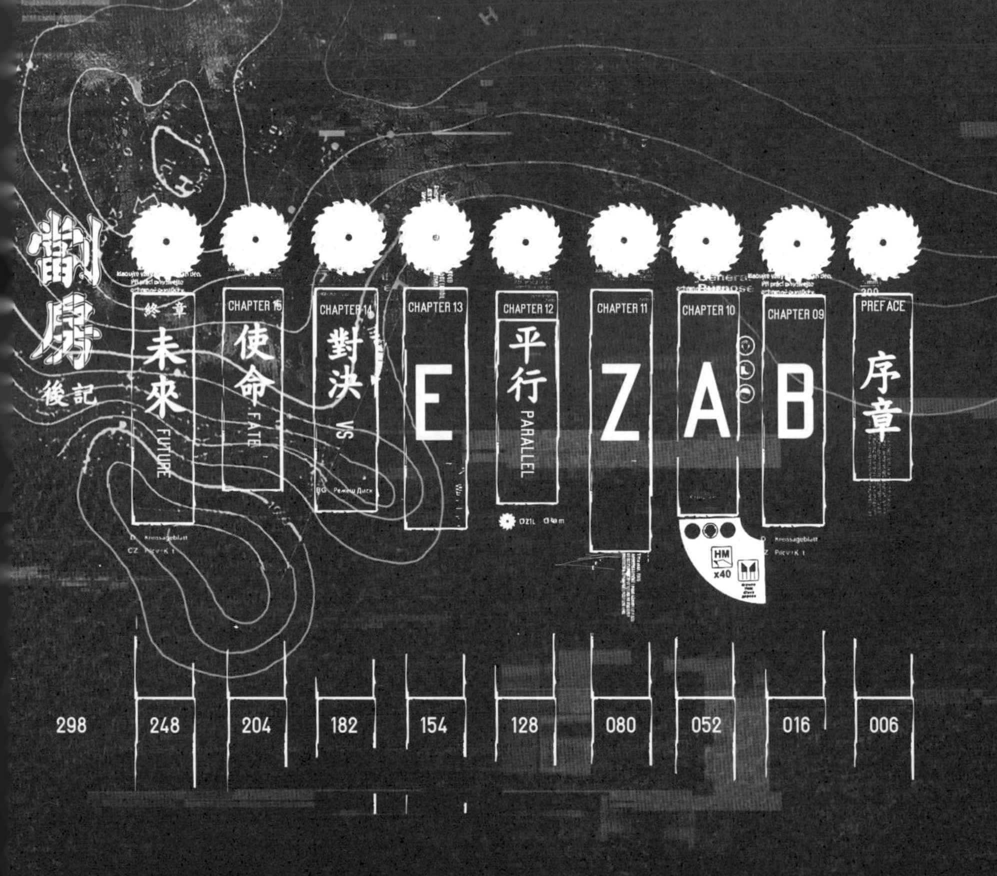

PART TWO

SECRET ROOOM TWO

「我們唯一能夠逃避的就是逃避本身。」

——卡夫卡〈對罪愆、苦難、希望和真正的道路的觀察〉

SURFACE ANALYSIS

社會的底層。

在「階級金字塔」中，底層是人數最多的一層，他們在底部支撐著整個階級金字塔，同時是最不被尊重的一群人。

人類都是虛偽的生物，見高拜見低踩已習以為常，司空見慣。當然，社會總是會改變的，當大家發現幫助底層的人可以換來更高的名聲，上層的人便開始利用底層的人來讓自己得到更多的關注及重視。

捐錢之後會大聲跟別人說自己捐了錢，幫助有需要的人後會說自己非常重視低下階層。

然後呢？

然後，當上層的人得到了想要的聲望之後，再沒理會那些低下階層，無論是選舉、慈善活動，還是社交網頁，底層的人一直被上層的人……「利用」。

社會變得更加他媽的「虛偽」。

其實，社會的底層才是這個社會最重要的成員，卻一直受盡歧視與不被尊重。

誰會了解一個住在四十呎劏房的人心情？

誰會想知道住在四十呎劏房的人經歷過什麼？

大家都只會關注那些幾千呎的豪宅廣告，關注那些成功人士的故事，然後看不起那些比自己低下的人。

社會，一直都是這樣，從來也沒有改變。

誰會明白，那個住在四十呎劏房的人，根本不想成為社會的最底層？他們很想向上爬，爬過那些曾經取笑他們、歧視他們的人，可惜，社會是由「有錢人」設置的荒謬世界，他們根本鬥不過有財有勢身處在上流社會的人。

沒有人想窮，也沒有人想被小看，只是他們不想變成違背良心的人渣，結果成為了被人渣踏著的底層人。

你不想在公司做阿諛奉承的走狗，偏偏卻被那隻走狗更快爬過頭了。

你不想傷害別人而得到金錢，女友卻被那個駕駛名車做盡壞事的男人接走了。

你不想只為錢而生活，卻因物價不斷上升而不能不為生活著想。

你不想課金玩遊戲，卻被課金的玩家吊著來打。

想想，你是不是也在社會生活的……

最底層？

你是不是一直在社會中不斷掙扎求存？

誰又會了解你心中想法？

誰又會在乎你的存在？

誰又會願意傾聽你心中的說話？

對不起，在上流的社會中，最底層生活的人，只會是別人的「笑話」。

同時，成為了別人「自我安慰」的對象。

「他住在四十呎的劏房？一千二百元租？還好，至少我沒他這麼慘，他真的很可憐，他是不是不夠上進？他一定是前世做錯了什麼，他一定是社會的垃圾。還好，我不像他這麼……折墮。」

沒錯，這就是人類生活的……

虛偽世界。

……

…

．

聖比得住宿之家大廈。

304號房通往的地下室。

有一個人，正正坐在空無一物地下室的中央。

「我來了『他』的世界嗎？」

他已經來了「這裡」一個星期，他由不能相信，慢慢變成開始接受，因為再沒有更好的解釋去說明在他身上發生的事。

他是……窮三世。

「平行時空？嘿。」窮三世苦笑了一下。

他看著這個地下室，除了通往304號房的樓梯，沒有任何其他出入口，他在想，自己究竟是怎樣來到另一個窮三世所說的「平行時空」？

「會不會是跟『時間』有關？」窮三世想了一想：「在特定的時間才會出現往來兩個時空的『門』？」

除了「怎樣來到這裡」這個問題，他還有一個更重要的問題。

「窮！你又來了這裡嗎？」

有一個女生從樓梯走了下來，她是208號房的程黛娜。

在這個平行時空，她是窮三世的女朋友。

「對，我在這裡思考一些事。」他說。

「最近你真的奇奇怪怪。」程黛娜蹲了下來，從後擁抱著窮三世。

「是嗎？」窮三世當然沒有跟她說出自己的事：「那我以前是怎樣的？不也是奇奇怪怪的？」

「你自己也不知道自己是怎樣的嗎？」程黛娜笑說：「你以前比較喜歡笑。」

「笑？是嗎？」我笑說。

「就像現在一樣！」

那個窮三世看來也很懂得演戲，他心想。

來到「這裡」的窮三世，有更重要的問題……

這個問題就是……

「第一，如果可以回去的話？第二……我真的要回去嗎？」

因為在這個B平行時空，所有事情跟他本來的世界一百八十度轉變，在這裡的住客都很友善，完全不像他本來的世界。

「黛娜，我想問妳一個問題。」他說。

「說吧。」

「在聖比得住宿之家大廈……」窮三世轉頭看著漂亮的她。

「有沒有人在這裡殺人？」

「當然沒有！」

或者，這是窮三世想留在B平行時空的原因。

聖比得住宿之家大廈

（第九章更新）

ROOFTOP

02 天台屋
空置

01 天台屋
包租婆/
蓉芬依
56歲

3 / F

304 號房
通往地下室

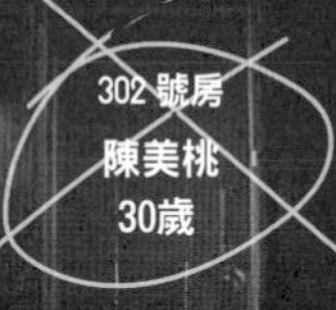

301 號房
冤賴潮
28歲

2 / F
（女子）

204 號房
紫向風/
風風
21歲

203 號房
巫奕詩
45歲
、沾沾仔

202 號房
東梅仙
38歲

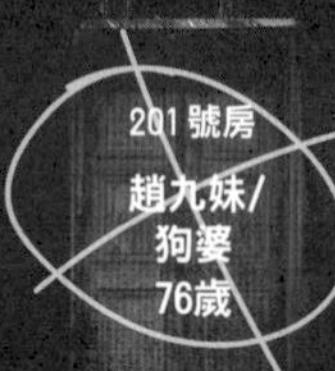

1 / F
（男子）

104 號房
毛大岡/
毛叔
65歲

103 號房
窮三世
（二）

102 號房
王烈杉/
彬仔
32歲

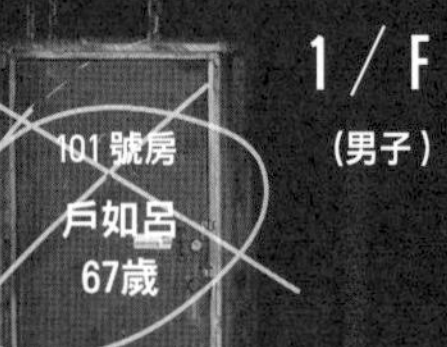

03 天台屋
???

308 號房
郭首治
35歲

307 號房
張基、張德
8歲

306 號房
黃奎安
38歲

305 號房
書小嬸/
小小
11歲

208 號房
程黛娜
26歲

207 號房
富裕程
17歲

206 號房
白潔素
31歲

205 號房
何法子
40歲

108 號房
窮三世/
三世
25歲

107 號房
甲田由/
漏口仔
24歲

106 號房
連成鎮
34歲

105 號房
周志農/
肥農
45歲

CHAPTER 09

B

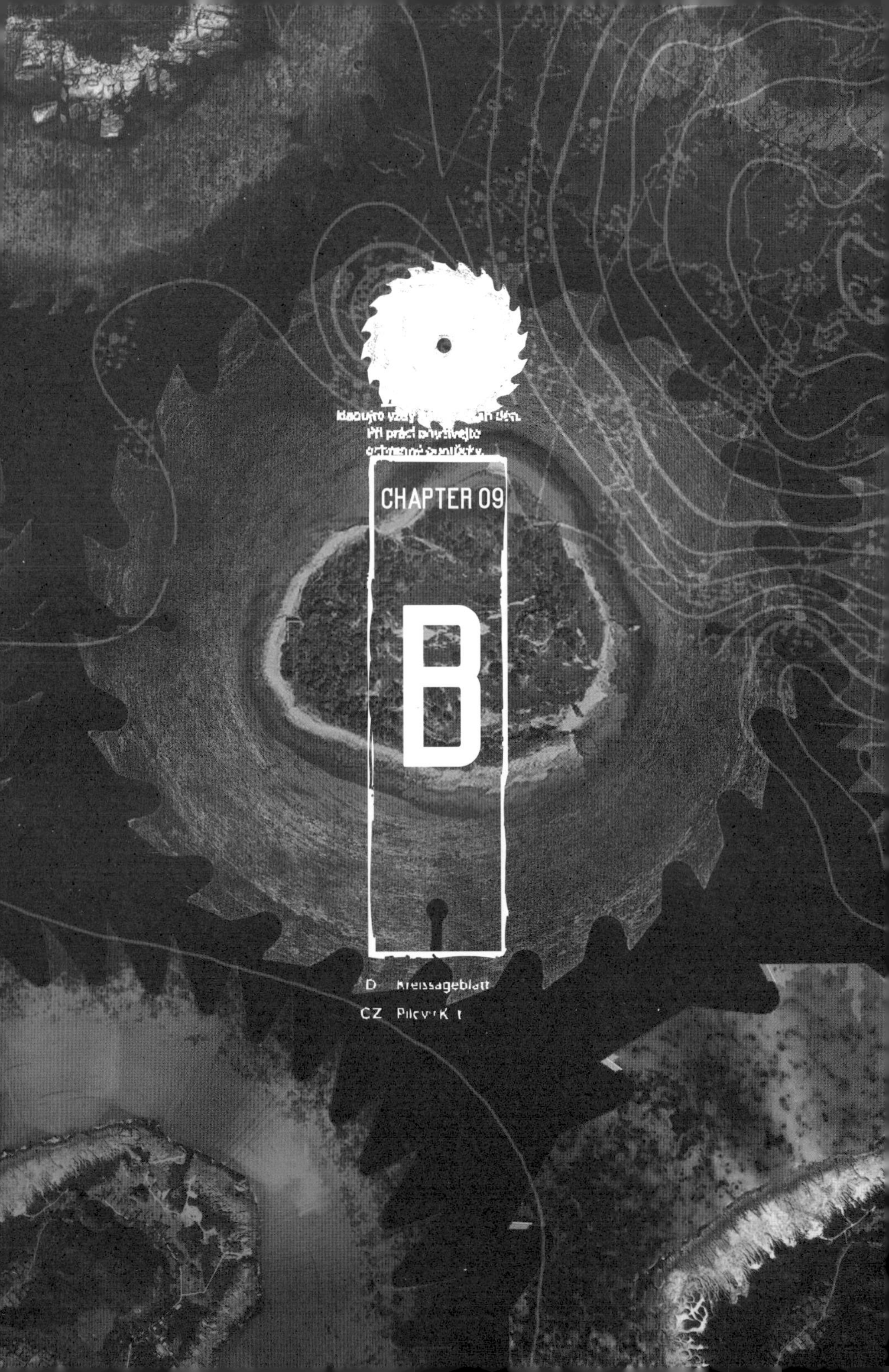

D Kreissageblatt

SURFACE ANALYSIS

108號房。

我在書桌上寫著筆記。

我暫時叫我本來生活的時空做「A平行時空」，而我現在身處的時空叫「B平行時空」。在A平行時空死去的人，在B平行時空沒有死去，而且性格跟在A平行時空完全相反。

他們入住聖比得住宿之家大廈的原因，不再因為通緝犯的身份，大多是財政問題才會成為住客。

這代表了什麼？

這代表兩個平行時空雖然是不同的存在，卻互有關連，比如在A平行時空入住的住客，會因為不同的原因（非犯罪），在B平行時空同樣住在聖比得，甚至是住在同一劏房。

不過，也不是全部A平行時空的住客也在B平行時空出現。本來住在107號房的甲田由，還有303號房的和尚訕坤等，沒有在B平行時空的聖比得出現，或者是因為B平行時空的甲田由根本就沒有做過商業犯罪的事，他還是很有錢，所以沒必要在聖比得住下來。

如果沒記錯，A平行時空除了304號房，其他二十三間房都住滿人；不過在B平行時空，有幾間空房沒有人住。

我曾打電話給振柳強，他沒有死去，不過就是感覺跟我不太熟悉。在這個時空，振柳強應該不是我的生死之交。

還有，我沒有在加油站工作，這代表了我沒有殺死那個賤種上司。我打過電話給他，他完全不知道我是誰，而現在我是待業中。

「等等，我打的電話不是打去A平行時空，而是現在的B平行時空……」我看著手機：「如果我打給我父母……」

他們已經死了嗎？我想我有十年沒見過他們，在這個B平行時空，他們還是人渣嗎？

算了，最後我也沒勇氣打給他們。

我躺在床上，已經沒有那個鐵絲籠，我也不是殺人犯，而且還在這裡認識了程黛娜，成為了情侶，在這裡的任何人與事，都比A平行時空好，好多了。

問題是……

為什麼B窮三世要跟我交換美好生活的時空？

明明這裡任何東西都比我原本的A平行時空更好，為什麼他要跟我交換，然後讓我開始新的生活？

是因為他跟我相反的性格讓他想待在那個「地獄」，而讓我住在「天堂」？

窮三世，你想想，你快想想，那個是你自己，你一定知道他在想什麼的……

我沉默了一會。

「不，不可能，我絕對不是這樣的人！」我自言自語：「就算那個是我自己，我也不會對他這樣好，我反而會妒忌別人的生活。」

如果是這樣，B窮三世為什麼要跟我交換時空？

「藕線，這是一場奇幻之旅？還是綠野仙蹤？」我在床上坐了起來：「我真的要在這裡生活下去？」

如果這是電影情節、小說故事，我想現在才不是結局，或者，現在才是真正的開始。

此時，有人敲我的門，我完全不用害怕，立即打開大門，跟我在A平行時空的感覺完全不同。

「窮，我在圖書館找到了幾本有關多重宇宙的書。」他手上拿著幾本書：「我想你應該也可以看看。」

他是……102號房的王烈杉。

他樣子不算俊俏，不過，怎樣也好過A平行時空那個滿臉腫瘤的王烈杉。

前天，我跟他在飯堂聊起平行時空的話題，他非常有興趣，我們越說越投契，今天他還在圖書館借了書給我看。

「書中有些地方我覺得很有趣，要不要聊聊？」王烈杉微笑說。

我看著他，想了一想。

「好吧，去飯堂吧，不過別要戴上超級市場膠袋。」我笑說。

「超級市場膠袋？」他不明白我說什麼。

一樓飯堂。

除了我跟王烈杉，還有 204 號房的紫向風，她在準備大學的論文功課，而論文的題目是「吸毒引致的害處」。

真諷刺，跟A平行時空剛剛相反。

「根據艾弗雷特三世(Hugh Everett III)的多世界詮釋，平行宇宙是根據量子理論而出現，當一件事件發生之後，可以產生不同的『後果』，而所有可能的『後果』都會形成一個新的宇宙，這就是第三類平行宇宙的基礎理論，所以我們會有無限個平行時空。」

「真是這樣嗎？還是只有兩個不同的時空？而且像鏡子一樣，所有事都完全相反。」我說：

「可能在另一個平行時空的你，是一個面上生滿腫瘤，以殺人為樂的人。」

「哈哈！怎可能！我吃素的，我完全想像不到！」王烈杉笑說。

但這樣的王烈杉真的存在。

「或者，不只是鏡子兩面，而是『特定數量』的平行宇宙，只是大家各不相干，繼續並存。」

我說出我的想法。

「你的資料是從哪裡來的？」王烈杉說。

我從袋中拿出一本書，孤泣的*《教育製道》。

「什麼？小說？！哈哈！小說只是故事，才不會有人相信！」

「但有很多想法都是由小說開始，正確來說，都是由人類的幻想開始。」我說：「比如我們幻想能像鳥一樣飛，然後出現了飛機；我們覺得地球不是宇宙的全部，然後人類製造了太空船飛出了地球，這些都是由人類的幻想開始。」

「的確是這樣，不過我比較相信艾弗雷特的理論多於小說故事。」王烈杉笑說：「而且我不相信另一個時空的我喜歡殺人。」

每個人都相信自己「不會」變成自己最討厭的人，可惜，就因為環境與際遇，大部分的人最後也會變成那個自己討厭的人。

我們繼續討論平行時空的話題，此時，包租婆從樓梯走了下來。

「今晚我們一起打邊爐，我買了很多蔬菜和肥牛，你們一定要來！」包租婆走向我們說。

「你知我吃素的，打邊爐我不太喜歡。」王烈杉說。

「怕什麼，又不是叫你吃肉，湯有肉碎也不代表你吃了肉，總之你們一定要出席就是了！」包租婆說。

她在遊說王烈杉，包租婆的性格，跟A平行時空的她卻很相似。

「包租婆。」我說：「我可以問你有關你兒子的事嗎？」

「什麼？你說智仔？」包租婆一說到他，面上出現了笑容。

「包租婆最愛就是自己的兒子，經常提起他！」王烈杉說。

「當然，他是我最引以為榮的孩子。」包租婆看著我：「窮，有關智仔的事，你有什麼想知道？」

「他經常來聖比得嗎？」我問。

「才沒有經常來，智仔應該還在美國，他在普林斯頓大學做教授的！」包租婆高興地說。

「在……在美國？」我皺起眉頭：「他教什麼科的？」

「就是什麼科學……量子什麼的，我也不知道，總之是一些我不明白的學科。」她說。

「艾弗雷特也是在普林斯頓大學攻讀博士，他更是研究量子力學的科學家！會不會就是同一科？」王烈杉說。

都是有關量子力學？有關平行時空？

「包租婆！」我認真地看著她：「妳可不可以打給你的兒子？我有些東西要問他！」

＊有關時空的理論，請欣賞孤泣另一作品《教育製道》。

WARNING
THE ROOMS HERE ARE ALL IN DANGER!

我跟包租婆解釋，我跟王烈杉正在研究平行時空的事，想向他請教一下。

當然，這是謊話，其實我是想找那個跟B窮三世一起來到A平行時空的瑞口智問過清楚明白。

包租婆可以找個藉口聯絡自己的兒子，她當然沒有問題，一口答應。

她打出的是香港電話號碼，應該是用漫遊的。

「你所打的號碼暫時無法接通，請你遲些再打過……」

「智仔很忙的，可能沒法聽電話！」包租婆說。

無法接通嗎？是因為他去了A平行時空而沒法接通？

「我想知道他隔多久來找妳一次？」我問。

「一年幾次吧，智仔久不久就會來探我！」包租婆說。

「真的很孝順呢！」王烈杉說。

「才不是！才不是！」包租婆心花怒放。

一年幾次嗎？

或者，來回A與B平行時空的「門」，每次都在指定日子開啟！或者……他們很快會回來！

「包租婆妳能否把妳兒子的手機號碼給我？我有很多事想向他請教！」

包租婆在猶豫，不過他看著我誠懇的眼神，最後也把瑞口智的手機號碼給我。

「謝謝妳包租婆！」

然後，我立即走上了樓梯！

「窮，你要去哪裡？」王烈杉問。

「304號房！」

我先走到三樓的雜物房拿東西，然後快速來到304號房，外面的大門與內裡的鐵門一直也沒有鎖，我從304號房走到地下室。

我看304號房的空空的牆壁，然後搖動在雜物房拿來的噴漆，我在牆上噴著……

「我等你回來！FUXK YOU！」

我知道你們一定會回來這個時空，我就在這裡等你們，然後問清楚所有事！

窮三世、瑞口智，我等著你們！

……

……

…

三天後。

我得到瑞口智的手機號碼後，一直都打不通，讓我更覺得他和我不在同一個時空之中。還有，我最後也鼓起勇氣打給我的父母，可惜，在這個時空的他們，已經在十多年前死去。

我翻查了網上新聞，死因是食物中毒，不過，奇怪地，當時一起吃飯的B窮三世沒有死去。

不想太多了，現在，我要享受這裡的生活。

今天，我跟程黛娜來到了聖比得附近的山坡，原來在這裡可以看到整個深井的風景。

微風吹在我的臉上，感覺很舒服，我有多久沒這樣悠閒地過生活？自從來了這個時空，我做任何事都好像很順利，雖然還是住在四十呎的劏房，不過，心情跟以前完全不同，我對現在的生活非常滿足。

黛娜依靠著我的肩膊，我們一起看著藍藍的天空。

「黛娜，如果我跟妳說我不是窮三世，你相信嗎？」我問。

「你怎會不是窮三世？」她笑說：「雖然最近你古古怪怪的，不過我知道你就是我最愛的三世。」

「嘿，真的是這樣嗎？」我笑說。

老實說，在A平行時空，我跟黛娜只是認識，根本談不上什麼愛，不過，對著這裡的她，我好像已經深深愛上了她，不知道是不是有什麼影響著我。

「妳覺得我是一個怎樣的人？」我問。

她想了一想：「你對我很好，雖然有時有點神秘，總是好像有什麼不能告訴我似的，不過，也算是一個好男朋友。」

那個窮三世看來也蠻懂得讓她開心。

「不如這樣吧，由現在開始我想重新認識妳，妳把妳的故事通通都告訴我吧！」我看著她說。

黛娜看著我。

「怎樣了？」我問。

「你真的跟以前完全不同，不過我喜歡這樣的你！」她吻在我的臉上。

「好，現在我來問妳，妳幾月幾號生日？」

「什麼？你怎會不知道？」

我揮揮手指：「不是說了嗎？遊戲是從新認識，什麼都由零開始。」

「好吧，我是二月八日生日。」她說。

「水瓶座嗎？」我笑說：「現在幾多歲？」

「年齡是女生的秘密。」

「我就知道，妳老過我。」

「我才大你幾個月！」

「哈哈！姐姐妳好！」

「我才不要做姐姐！」

我們繼續有說有笑地聊天。

我很快樂，如果這是夢境，我不想這個夢完結。

別要吵醒我，一直睡下去。

突然，旁邊的樹叢中有東西在動！

「是什麼來的？」黛娜驚叫。

有人躲在樹叢中看著我們？！

不到幾秒，一隻野貓跳了出來，原來是貓，我們虛驚一場。

我擁抱著黛娜。

別要想太多了，我要盡情享受現在幸福快樂的時光。

聖比得住宿之家大廈飯堂。

今晚是一個月一次的住客大食會，包租婆會準備好食物，讓住客狂歡一晚。

大部分的住客都有出席，一樓的住客包括102號房王烈杉、104號房的毛叔、105號房的肥農，肥農跟A平行時空的他根本就是兩個人，他不但沒唱可怕的兒歌，還有一身的肌肉，很明顯他每天都有鍛煉。

二樓的住客包括202號房東梅仙、203號房的巫奕詩、204號房的紫向風、205號房的何法子，還有我的黛娜。

在這個時空，201號房的九婆和206號房的白潔素不是這裡的住客。

三樓的住客包括301號房的冤賴潮、302號房的陳美桃、305號房的書小嫿、307號房的張基與張德兩兄弟，還有308號房的郭首治。

當然，還有我，108號房的窮三世！

「今天同時是梅仙的生日，大家一起跟她唱生日歌！」包租婆大叫。

「Happy birthday to you~ Happy birthday to you~ Happy birthday to 梅仙~ Happy birthday to you~」

唱完歌後全場人在拍手。

「很尷尬啊！」東梅仙含羞地說：「不過謝謝你們！」

我從來沒見過東梅仙露出這個表情，跟我所認識的東梅仙根本是兩個不同的人。

我們唱完生日歌後，開始吃東西，大家都玩得非常快樂。

「其實窮也可以很快樂呢。」斯文清秀的郭首治，走到我身邊說。

「對，真的。」我喝了一口啤酒：「不過你是醫生，應該也賺到錢吧，為什麼要住在這裡？」

「我曾經有個病人住在劏房，他跟我說了很多住劏房的苦況，最後癌症死去了。」他也喝了一口酒：「在他死前一星期，他跟我說住醫院都比住在劏房好，所以我才來體驗一下住劏房的感覺。」

我本來想說，你真的是沒事找事做！不過，算了。

「本來我只是想體驗一下，沒想到我會喜歡上這裡，所以決定一直住下去。」郭首治指著正在跳舞的他們：「你看他們就知道，為什麼我會喜歡這裡。」

的確，這裡的住客跟**A**平行時空的簡直是天淵之別，好太多了，我明白他的感受。

「不知道呢，我當然明白錢是很重要，不過，我認識很多有錢人一點也不快樂。」郭首治微笑地看著我：「我見過太多有錢人臨終前，家人在病房中吵架，就是為了爭產吧，死去的人一點都不快樂。」

「我明白你的想法。」我跟他碰杯。

不過，如果你問一個窮人「寧願有錢不快樂，還是貧窮而快樂」，我想九成人都會選擇前者，因為郭首治本身不是窮人，所以他不會完全明白窮人的感受。

就像我的感受。

當每天都要為一日三餐而奔波，被朋友看不起，連家人也不想接近你，因為怕你會問他們借錢，經歷過這些事後就會明白，為什麼錢這麼重要。

此時，我見到張基張德兩兄弟，跟書小嬬一起玩手機。

「你們在玩什麼？」我走過去問。

「食雞！很好玩！」張德愉快地說：「可以一槍打爆別人的頭！很好玩！」

「德，不能這樣說。」張基說。

「知道哥哥。」

張德跟我都是從A平行時空來到這裡，看來他已經習慣了這裡的生活，而且非常快樂。

環境可以完全影響一個孩子的成長，他會變成什麼人，都是從環境與教育開始，就如某些國家的人會吃狗肉，那裡生活的孩子不可能懂得愛護動物。

「窮哥哥。」書小媱對著我微笑說：「你可不可以幫我一個忙？」

「好，妳想我幫妳什麼？」我問。

「來我的房間。」

妳的……房間？！不會又是……

305號房前。

「你自己一個來不就可以了，又要叫我，我跟他們玩Killer玩得正開心啊！」黛娜生氣地說。

「不，一起來更好，始終她也是女孩子。」我說。

「她只有十一歲！你想到哪裡了？」黛娜說：「不過，我就知道你是正人君子，才會叫我一起來吧，錫你！」

她說我想到哪裡去？她真的不知道世界有多黑暗，如果黛娜在A平行時空的世界生活過，她就會知道。

「小小，妳要哥哥幫妳做什麼？」黛娜問。

「進來就知道了。」

我們走進了她的房間，雖然只有四十呎，不過卻充滿少女的味道，卡通的書桌，還有很多毛公仔。

「這……兔公仔……」我指著其中一隻。

「肥農叔叔送給我的生日禮物。」她說。

「那個肥農叔叔有沒有摸……」

「窮！」黛娜阻止我問下去：「肥農是好人，別要亂說！」

「好吧。」我回看書小嬬：「妳想我幫妳做什麼？」

「床下底。」她指著。

「床下底？」

「對，床下底會發出奇怪的聲音，我想你幫我搬起來看看。」書小嬬說。

奇……奇怪的聲音？

「是什麼聲音？」黛娜問。

「好像……好像……」書小嬬想了一想：「鑿地的聲音。」

我皺起眉頭，為什麼會有鑿地聲從下面傳出？

太奇怪了，我決定幫書小嬬搬開木床，看過究竟。

「原來床蠻重的！」

我用力把木床搬開，在地上……

「這是……什麼？」

在地上刻著A、B、C、D、E至Z二十六個英文字母，其中E字被圈著，然後有一個箭頭指住和寫著「Find Me!」。

我再看看木床的底部，就算是小孩子，也不夠空間爬到床下底刻字。

「別要嚇到小朋友。」黛娜在我耳邊說。

明顯她也覺得很詭異，或者黛娜可能覺得是什麼靈異事件之類。

「小小，你是何時開始聽到鑿地聲？」我問。

「大約是這幾天的事。」書小嫣說：「都是在晚上聽到的。」

我用手摸著地上的英文字母，沒有任何的粉塵。如果真的有人鑿地，應該地上有粉塵才對，為什麼什麼也沒有？

抑或英文字母一早已經存在，跟書小嫣聽到的聲音完全無關？

有人在「過去」鑿字，所以在現在出現？

「哈哈！其實也沒什麼奇怪，一定是樓下205號房發出了什麼聲音。」我笑說：「不會再有聲音，別要怕！」

黛娜知道我在找個藉口不想嚇壞書小嫣：「對！我們跟何法子說說吧，沒有什麼大問題！」

「好……好的。」書小嫣說。

我彎下身拍拍她的頭：「不用怕，這裡很安全的。」

沒錯，在B平行時空絕對比A平行時空安全得多。

「小小我們快回去飯堂玩吧！」黛娜牽著她的手：「等哥哥將妳的床移回原位吧！」

「好！」書小嫣高興地說。

黛娜跟我單單眼，然後跟書小嫣一起離開，我拍下了一張英文字母的相片，然後移回書小嫣的床。

我一個人坐在床上，看著手機中的相片。

「究竟發生什麼事？會不會跟我的事有關？」

一個月後。

陽光從108號房的小窗照射入來，我從來也不知道劏房也可以這麼和暖。

我看著跟我一起睡的黛娜，他還在我的臂內熟睡。

這感覺一點都不真實，我每天還是覺得自己在發夢，我每天睡醒都會問自己……

「這樣的生活，是不是真的？」

「你說什麼？」睡眼惺忪的黛娜被我吵醒。

「親愛的，沒……沒有，我沒有說話。」我吻在她的額上。

「現在幾點？」她問。

「快四點了。」

「中午四點了？我們快起來！」

「怎麼這樣心急？再睡一會吧。」我擁抱著她：「我想抱著妳睡一世。」

「你忘了嗎？一個月一次的聚會。」黛娜說：「你說要請大家吃東西，我們要去準備。」

為什麼我會有錢請大家吃飯？

因為我中了六合彩三獎，贏了幾萬元。沒錯，在這個平行時空，我連運氣都非常好，生活非常順利。

話雖如此，這樣更讓我不明白，為什麼B窮三世會願意跟我交換身分。

「黛娜，我有想過⋯⋯搬走。」我說：「未來我找到新工作，我們找個細小的單位一起住，妳覺得如何？」

「但在這裡也過得很快樂呢。」黛娜說：「我不捨得大家。」

的確如此。

我記得，A平行時空的包租婆曾跟我說「我們是一家人」，在這裡，我的的確確感受得到。

「好吧，我再想想。」我笑說：「我們起來吧，一起去超市準備食物。」

「好！」

黛娜坐了起來，赤裸著背對著我，她背上的天使紋身讓她更加性感。

「喂呀！」她笑著大叫。

我輕輕咬著她的「天使」。

如果這是夢，我希望一直不要醒。

一直在夢中。

一直在聖比得住宿之家大廈生活的夢中。

……

…

．

晚上八時。

窮三世和程黛娜已經買好了食物，他們正四處尋找衣物回收箱，把不要的衣服捐出。

「其實那件寫著K3的皮褸也蠻新的，為什麼不要了？」程黛娜問。

「不要了，我想把不愉快的回憶全部拋掉。」窮三世駕駛著向郭首治借的車：「這樣才可以有新的開始。」

「是前度不愉快回憶嗎？」程黛娜奸笑。

窮三世沒有回答她，只是給她一個微笑。

程黛娜在手機輸入：「怎樣了，大家都不回覆？我問大家想吃什麼也沒有人回覆。」

「可能大家都忙著準備佈置吧，這次不再玩什麼Killer，可能他們正在想一個新的遊戲。」窮三世把車泊在聖比得外的草地：「走吧，很快就見到他們了。」

他們二人一起下車，然後在車尾箱拿出超市買的食物，此時，窮三世不禁看著草地，他看著曾經埋屍的地方。

他搖搖頭笑了一下，這裡沒有屍體，只有A平行時空才埋著屍體。

「不知道他們準備了什麼新遊戲呢？」黛娜問。

「進去吧，很快就知道。」窮三世笑說。

他們拿著一袋二袋的食物走回聖比得住宿之家大廈。

這一刻，他們完全沒想到，一切幸福生活已經……

不、再、存、在。

窮三世插入聖比得大門的鎖匙，門沒有鎖。

七時後不是會鎖上大門的嗎？

他有一種……不祥的感覺。

「我們回來了！」窮三世大叫。

他們走進一樓的飯堂，一個人也沒有。

「他們去了哪裡？」程黛娜把食物放在桌上：「是不是想給我們什麼驚喜？」

窮三世覺得古怪，眼前的氣氛有點像A平行時空的聖比得住宿之家大廈。

「包租婆！小小！梅仙！妳們去了哪裡？」程黛娜叫著。

沒有人回應。

「我上去二樓找找她們。」程黛娜說。

「等等……」窮三世神情繃緊：「有點不妥。」

「有什麼不妥？可能他們都在房間，我叫她們下來。」程黛娜準備走上樓梯。

突然！

有東西從樓梯掉下！

不是什麼東西，而是一個人從梯滑下來！

他是……他是……105號房的肥農！

肥農後腦的頭蓋被揭開，露出了血淋淋的腦袋！

「呀！！！」程黛娜瘋狂大叫。

「救……救命……」

同一時間，102號房的門打開，王烈杉從房間走出來……

不，是爬出來！

他的雙腳被斬去，只能爬出房間！

「發……發生什麼事？」窮三世腦海中出現了A平行時空的畫面。

那份恐懼與無力感再次出現！

「黛娜！快逃！」我大叫。

程黛娜呆了一樣看著肥農的屍體，窮三世立即走向她，把她拉走！

窮三世腦海中只出現更可怕的畫面，在A平行時空所發生的事，就像再次出現！

他們本想打開大門逃走，可惜，門前已經站著一個人！

他手上拿著一把染血的斧頭！

他是……王烈杉！滿面生滿腫瘤的王烈杉！

「你們……想去哪裡？嘰嘰！」王烈杉舔著臉上的血水。

「走……走！」

窮三世拖著黛娜回頭走，他想走回自己108號房，不過這樣可能更危險！他只想到一個最安全的地方……天台！

他們跑上了樓梯！

「窮……為什麼……有兩個王烈杉……」程黛娜處於完全迷惘的狀態：「為什麼……」

「我會跟妳再解釋！」窮三世緊張地說：「現在最重要是逃走！」

他們來到了二樓，一個女生站在樓梯附近，在她的身邊躺著另一個女人。

她是書小嫣！她只穿上內褲，手中拿著一把鎅刀，而躺在血泊的女人就是東梅仙！她赤裸著身體，她的身體至少有一百多處被鎅刀割開的傷口！

就好像……凌遲處死一樣！

書小嫣滿身鮮血，在樓梯不遠處目無表情地看著他們。

「是……小小！」程黛娜想停下來：「要去救她！」

「不！她不是妳認識的書小嫣！」窮三世說：「別要過去！」

程黛娜停了下來：「你在說什麼？我完全聽不明白！她是書小嫣！」

「他是另一個時空的書小嫣！不是這裡的書小嫣！」窮三世急著說。

「什……什麼？」

「我也是！我不是妳本來認識的窮三世！」他泛起了淚光：「總之我會跟你解釋清楚！請妳相信我！」

程黛娜看著窮三世堅定的眼神，她點頭。

他們離開了二樓，快速跑到天台，因為天台的門可以從外面鎖上，窮三世想鎖上天台大門後立即報警！

不過，腦袋非常混亂的窮三世，沒想過天台的大門可能已經被上鎖！

他們走過三樓，穿著醫生袍的郭首治同時走向他們，他的手中正拿著……

另一個血淋淋的郭首治頭顱！

「你們要去哪裡？」他高興地說。

「別要看！快走！」窮三世拉著程黛娜繼續向上跑。

同時，郭首治也快步追上來！

他們終於來到了天台大門前，窮三世握著大門的門柄！

門鎖……

「咔！」

門沒有鎖！他們快速衝入天台然後鎖上大門。

窮三世擁抱著程黛娜：「沒事了，現在我們報警！報警！」

跟A平行時空不同，在這裡他可以報警！

就在窮三世拿出手機之時，他們聽到包租婆的天台屋傳來了慘叫聲！

「是包租婆！」程黛娜說。

「不用理會她！」窮三世說。

程黛娜用一個懷疑的眼神看著窮三世，她就像對窮三世說：「你要見死不救嗎？」

如果，是生活在A平行時空的窮三世，一定會選擇見死不救，不過，現在的他……

不同的環境，會讓一個人改變！

「去看看吧！」窮三世說。

他們走到包租婆的門前，大門虛掩，窮三世小心翼翼地推開了門，走進包租婆的天台屋。

「救……救我……」

包租婆跌倒在地上，她的額頭正在流血。

同一時間，一個穿著深色皮褸的男人背著他們，皮褸上寫著……K3！

男人回頭，他是……另一個窮三世！在他的臉上，多了一道疤痕！

「啊？我們又見面了。」疤痕窮三世說。

「為什麼……會有兩個你？！」程黛娜非常驚慌，捉緊窮三世的手臂。

「你……為什麼要回來！為什麼要殺死這裡的人？！」窮三世帶點憤怒大叫。

「我為什麼會回來？我不是說過會回來嗎？」疤痕窮三世笑說：「你怎樣了？忘記了嗎？」

窮三世在腦海中尋找著他說「會回來」的說話，但完全沒有聽過他這樣說！

「你沒說過回來！」窮三世大叫：「你明明跟我交換了！為什麼要回來破壞這裡的平靜生活！」

「交……交換？」疤痕窮三世想了一想：「啊！我明白了！哈哈！我明白了！」

此時，窮三世突然想到……

在A平行時空，A窮三世已經燒掉那件深色的K3皮褸；而A窮三世在初來到B平行時空時，身上穿著的，是B平行時空窮三世給他穿上的皮褸。

而今天，窮三世剛才已經把皮褸放進了衣物回收箱……

為什麼這個疤痕窮三世……

還穿著這件皮褸？！

「最後一個時空了。」疤痕窮三世滿意地笑說：「要跟你們說再見！」

他拿出一把手槍，向著他們開槍！

畫面好像變成慢動作一樣，窮三世看著子彈……

打進了程黛娜額頭！血水濺到他的臉上！

「黛娜！！！」

程黛娜看著身邊的窮三世，她最後看到的一個畫面，就是驚慌的窮三世大叫著自己的名字！

她的眼淚在半空中漂浮，整個人卻向後倒下……

所有曾經快樂的畫面，在半秒中出現在程黛娜的腦海之中！

窮三世呆了一樣看著她在自己身邊死去！

「看來你們也發展得不錯呢。」

疤痕窮三世頭也不回，向著倒在地上的包租婆也開了一槍，子彈正中她的心臟！

他絕對是一個非常心狠手辣的男人！

心狠手辣的窮三世！

「可惜了。」疤痕窮三世把槍指向他：「這個程黛娜，是蝴蝶？還是天使？」

他說出奇怪的說話，窮三世用一個憤怒的眼神看著他！

兩個窮三世再次對望著！

「給你看點東西，哈！」疤痕窮三世拿出手機。

手機內是一張相片。

窮三世看著，整個人也在抖震！

「很快你就會變成……**其中一個！**」疤痕窮三世說。

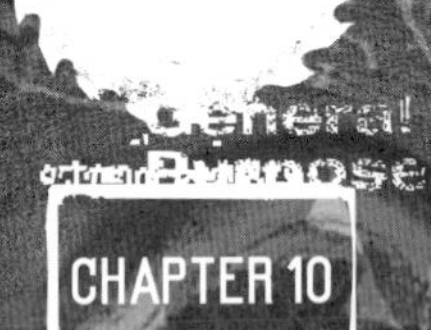

CHAPTER 10

A

SURFACE ANALYSIS

「平行時空」，就在第一次出現平行時空的「門」開始，正式出現分歧。

二十三年前，B平行時空只有十九歲的瑞口智，來到了A平行時空姦殺毛叔女兒毛小恩，從那天、那時、那分、那秒開始，本來相同的世界，開始出現不同的發展。

就如蝴蝶效應(**Butterfly Effect**)一樣，事情的微小變化，帶來整個世界巨大的連鎖反應。

兩個不同的平行時空，開始走向極端。

人物的外表與性格完全改變，同時，讓整個環境改變，聖比得住宿之家大廈就是一個極端變化的例子，邪惡的人變得善良、自私的想法變成大愛。

打個比喻，如果有一個人今年三十歲，兩個平行時空的「他」有著相同的「零至七歲」的童年，因為二十三年前才出現平行時空和變化。

但如果一個人只有二十歲，兩個時空的「他」就會有不同的性格和發展，因為「他」在兩個平行時空出現變化後才出生，就會出現不同的性格，而且沒有相同的童年。

不過，因為不同的平行時空中都有某些共通的「羈絆」，人的性格不同，但依然會有相同或類似

的經歷，比如考入同一所大學、在相近的時間遇上某一個人，還有，一起入住……

同一座劏房大廈。

……

…

．

A、B兩個平行時空的同一天。

在兩個窮三世交換身份後，已經過了一個多月，雖然A與B是不同的時空，不過，日子是相同的。

在B平行時空的窮三世與程黛娜，買食物回去聖比得的同一天，A平行時空有沒有改變？

經過了一個月多的時間，在A平行時空的住客一直互相廝殺，死剩無幾。

不，錯了。

大錯特錯，正好相反。

瑞口智的聖比得劏房實驗(St. Peter's Subdivided Flat experiment)得到了大成功，他把罪犯安排在同一座劏房大廈生活，證明了人類的黑暗面在特定的環境之下，會變得更黑暗與可怕。不過，這只是他的半個實驗，現在他已開始另一個「全新的實驗」。

因為在前半部實驗中，出現了「團結」的反效果，讓瑞口智很想再次測試……

「本來互相廝殺的住客，會不會因為某些事情而團結起來？」

他的想法，再次得到了實證。

除了幾個住客搬走了外，留下來的住客繼續一起生活，而且沒有互相廝殺。

瑞口智是怎樣做到的？

他絕對不可能控制所有住客，他用什麼「理由」讓他們安然無恙地繼續一起生活？

沒錯，就是……「利益」。

不是「金錢」上的利益，而是「心靈」上的利益。

就好像早前，住客不想報警和安裝閉路電視的原因一樣，他們都因為有「共同的利益」，才決定「埋屍」，而不是……報警。

……

…

．

聖比得一樓大門前。

在這裡加裝了一個入宿的查詢櫃台，一個女生正在做著接待員的工作。

兩個看來二十出頭的男生走入了聖比得。

「歡迎光臨聖比得住宿之家大廈！」接待員微笑說。

兩個男生看著漂亮的她，表情顯得帶點尷尬。

這個女接待員，就是A平行時空的……

程黛娜。

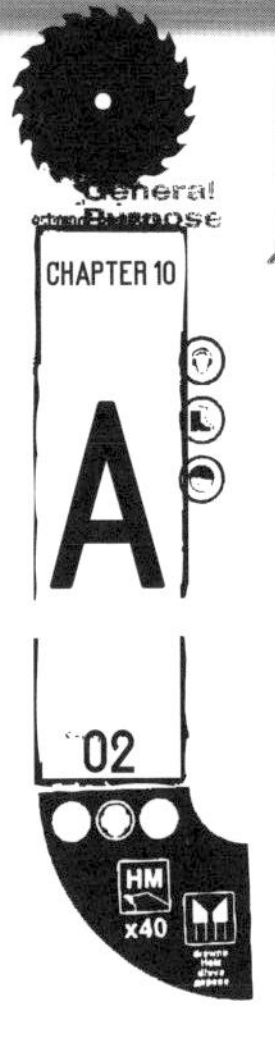

窮三世被交換到B平行時空那天。

在二樓休息室中，住客的討論沒有結果，他們直接去103號房找窮三世，可惜，A平行時空的窮三世，已經被B平行時空的窮三世送走。

306號房的黃奎安、308號房的郭首治、105號房的肥農、107號房的甲田由，還有208號房的程黛娜，來到了103號房前。

「是誰把窮三世放出來？」黃奎安看著空無一人的103號房。

「當然是我。」

「你是誰？」郭首治問。

在走廊中，一個人走向他們。

「我是包租婆的兒子，我叫瑞口智。」他笑說：「包租婆永遠消失了，現在聖比得由身為兒子的我接手。」

「你……你說謊！包租婆的兒子……已經在二十三……三年前死去！」甲田由說。

「捉著他！」黃奎安大叫。

肥農立即走上前捉住瑞口智的衣領，把他推到牆上！

「嘿，果然是我最愛的實驗人員。」瑞口智完全不害怕他。

「什麼實驗人員？」程黛娜問。

「現在你們有兩個選擇。」瑞口智說：「一、立即把我殺死，二、我把所有的事都告訴你們，然後再殺我。」

「對，到時就任由你們處置！」另一個男人從一樓的樓梯處走向他們。

他是……B窮三世！

「是你放了他出來？」黃奎安看著瑞口智，手卻指著B窮三世。

「情況比較複雜，不如大家坐下來，我再慢慢跟你們說出全部的事。」瑞口智拍走肥農的手：「相信你們會很喜歡我這個新包租公。」

「就聽聽他說什麼吧。」郭首治走到瑞口智的面前：「之後才殺他也未遲。」

最想知道聖比得發生什麼事的黃奎安，絕對不會放過這個知道真相的機會。

「來吧，到飯堂。」B窮三世說：「我看過雪櫃，203號房的巫奕詩好像做了很好吃的韓式生肉，嘿。」

大家也看著這個窮三世，這個窮三世給他們完全不同的感覺。

B窮三世回頭說：「今晚你們聽到的，將會是人生中最精彩的故事！」

一種……非常邪惡的感覺。

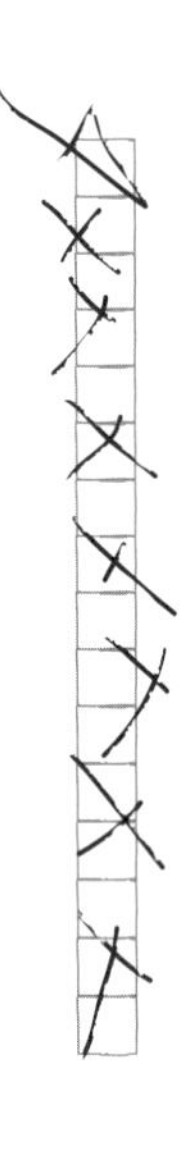

一星期後。

瑞口智把所有事情都告訴了聖比得住宿之家大廈的住客，而且他有一個「新的計劃」。

當然，要住客接受並相信「平行時空」的概念並不簡單，不過，住客被新計劃吸引，什麼時空的事，他們當是不可思議的事而已。

新計劃出現後，只有一個人最後決定離開，他是……甲田由。

本來跟窮三世最熟的他，曾經誤會了在這個平行時空的A窮三世，現在出現的B窮三世，他根本就完全不認識，甚至是陌生，所以他決定離開。

連同從來都沒有出現過 106 號房的連成鎮，還有已經離開了 207 號房的富裕程，「新聖比得」就

只有三個人離開。

究竟瑞口智想到了什麼新的研究計劃？

是什麼原因讓這一群沒人性的罪犯，不殺死瑞口智與窮三世，還要繼續住下來？

當然是一個……「沒人性計劃」。

一個新實驗開始。

聖比得繼續入住住客（A平行時空）

102 號房	王烈杉
103 號房	B窮三世
105 號房	周志農
202 號房	東梅仙
203 號房	巫奕詩
206 號房	白潔素
208 號房	程黛娜
301 號房	冤賴潮
305 號房	書小嬿
306 號房	黃奎安
307 號房	張基
308 號房	郭首治
天台屋 01	瑞口智

聖比得已離開住客（A平行時空）

106 號房	連成鎮
107 號房	甲田由
207 號房	富裕程

聖比得已死亡住客（A平行時空）

101 號房	戶如呂
104 號房	毛大岡
201 號房	趙九妹
204 號房	紫向風
205 號房	何法子
302 號房	陳美桃
303 號房	訕坤
307 號房	張德
天台屋 01	包租婆

聖比得住宿之家大廈

（第十章更新）

ROOFTOP

02 天台屋
空置

01 天台屋
包租婆/
蓉芬依
56歲

3 / F

304 號房
通往地下室

303 號房
劏坤
52歲

302 號房
陳美桃
30歲

301 號房
冤賴潮
28歲

2 / F
（女子）

204 號房
紫向風/
風風
21歲

203 號房
巫奕詩
45歲
、沾沾仔

202 號房
東梅仙
38歲

201 號房
趙九妹/
狗婆
76歲

1 / F
（男子）

104 號房
毛大岡/
毛叔
65歲

103 號房
窮三世
(二)

102 號房
王烈杉/
彬仔
32歲

101 號房
戸如呂
67歲

03 天台屋
???

308 號房
郭首治
35歲

307 號房
張基・張德
8歲

306 號房
黃奎安
38歲

305 號房
書小嫆/
小小
11歲

208 號房
程黛娜
26歲

207 號房
富裕程
17歲
（已離開）

206 號房
白潔素
31歲

205 號房
何法子
40歲

108 號房
窮三世/
三世
25歲

107 號房
甲田由/
漏口仔
24歲
（已離開）

106 號房
連成鎮
34歲
（已離開）

105 號房
周志農/
肥農
45歲

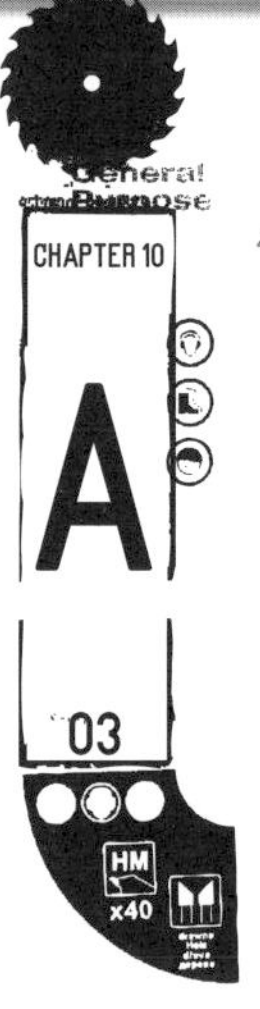

瑞口智的新計劃。

聖比得住宿之家……「重新營運」。

一直以來，都是由瑞口智幫助包租婆找尋通緝犯入住聖比得，他雇用的駭客，可以得到全港市民的個人資料，當然包括通緝犯的資料。

他可以揀選「合適的人」，讓那些無親無故、走投無路的通緝犯入住。

在聖比得的大門前加設了一個用作接待的查詢櫃台，而在二樓的休息室，改建為接待新住客的房間。

今天在接待住客室內，東梅仙和一個新住客正在聊天。

「一千二百元一個月，加一千元伙食費，我們就會提供一日三餐。」東梅仙親切地說：「房間大約有四十呎，不過我跟你說絕對夠住，呵呵！因為我也是住在這裡！」

「明……明白。」她說。

這位新住客看似只有十八九歲，東梅仙手上的檔案寫著，她因為殺害一個朋友而被通緝，她的家

人與親友全都移民英國，所以她在香港已經沒有家人。
當然，檔案不會讓女生看到。
新住客看著東梅仙受傷包著的左耳。
「呵呵！之前不小心弄傷了，別要在意。」東梅仙笑說：「最後一個問題。」
「是……是什麼？」新住客問。
「我想知道……」東梅仙在奸笑：「會不會有親人來找妳？」
她想了一想：「我全家都移民了，不會有人來找我。」
她的表情痛苦。
「周凱悅小姐。」東梅仙站了起來，伸出了手：「恭喜妳，妳已經成為我們聖比得住宿之家大廈的其中一份子！」
「即是我……我可以入住？」周凱悅問。
「沒錯！我們將會成為妳的家人！」
周凱悅伸出手跟東梅仙握手。
她終於找到了安身的地方，她看著有點古怪卻非常友善的東梅仙，感覺到東梅仙會是一個很好的

WARNING
THE ROOMS HERE ARE ALL IN DANGER!

鄰居，她自己將會有一個新的開始。

在她的臉上出現了愉快的笑容，一個十九歲少女才擁有的……

燦爛笑容。

……

…

．

一星期後。

204號房。

周凱悅一直保持著燦爛的笑容。

周凱悅被安排到曾經是紫向風的房間，當然，房間已經被清潔的員工打掃得一塵不染。

清潔的員工當然是206號房有嚴重潔癖的白潔素。

在聖比得的舊住客，都獲分配不同的工作，比如東梅仙是接見新住客的顧問，程黛娜是聖比得的接待員，巫奕詩是飯堂主管，準備一日三餐，還有郭首治是這裡的駐場醫生，肥農是工程部門的工作人員。

他們的分工都非常好，不再是只有包租婆一個人在處理事務。

現在**A**平行時空的聖比得住宿之家大廈，就像**B**平行時空一樣，充滿了……

「一家人」的感覺。

周凱悅一直保持著燦爛的笑容。

一切都是瑞口智的計劃，重新營運聖比得，讓有需要的人入住，當然，**B**窮三世也是其中一位策劃者。

只有四十呎的劏房，絕對不能跟五星級的酒店媲美，不過，園林山景的確是有的，這裡就是走頭無路的人的一所「方舟」，讓迷途的人，得到了方向。

不，這不是樓盤廣告，只是實際的描述。

周凱悅一直保持著燦爛的笑容。

她被割下的頭顱，一直保持著笑容。

頭顱連著脊骨，一起掛在一個木衣架上。

她的嘴巴被割開，然後用白色的線縫在臉頰上，做成了一個「笑臉」。

白色的線已經完全染成了紅色，而周凱悅還是……

一直保持著燦爛的笑容。

瑞口智的「重新營運計劃」。

他繼續尋找無家可歸的通緝犯，不過，跟包租婆不同，新來的住客不再是「獵人」，而是變成了……「獵物」。

「死了也沒有人知道。」

根本就沒有人在乎這些通緝犯是死是活，最後只會變成罪犯失蹤，又或是罪犯潛逃。

本來在聖比得居住的住客，非常滿意這個安排，因為那些新的住客，將會任由他們處置！

瑞口智成功把一群喪盡天良的罪犯……

團結起來了。

就像是現在的商業社會一樣，如何讓一群為錢害人的人渣合作？就是讓這一班人渣得到「利益」，人渣就會為利益團結起來，去吸乾底下階層辛苦賺來的錢。

高昂租金、收地逼遷、槓桿投資等等，這些人渣會團結地用盡方法去騙取更多更多的金錢。

在聖比得的「團結」，只不過是把「錢的利益」，變成了「殺人的慾望」，而換來了他們所謂的團結。

瑞口智再次證明了黑暗的「人性」。

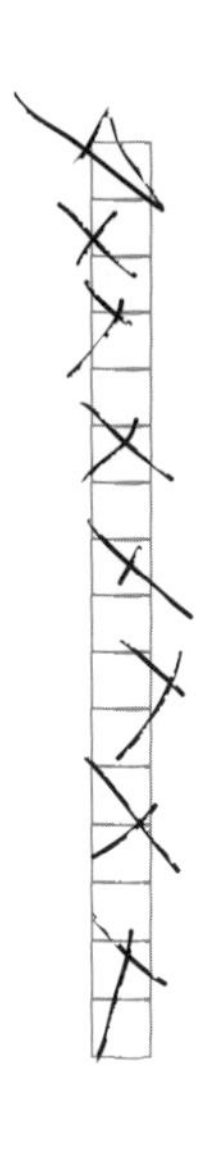

聖比得一樓大門前。

兩個看來二十出頭的男生走進來。

「歡迎光臨聖比得住宿之家大廈！」接待員程黛娜微笑說。

兩個男生看見了漂亮的女生，神情帶點尷尬。

「我們是來租房住的。」其中一位男生說。

「沒問題，你們是怎樣知道這裡的？」程黛娜問。

「手機……手機廣告。」另一個男生拿出了手機：「我們收到租房的訊息。」

「明白。」程黛娜親切地說：「我先帶你們看看房間。」

「好。」

他們跟著程黛娜走。

「這裡是我們的飯堂，住客都可以在這裡吃飯。」程黛娜一面走一面說。

在飯堂，巫奕詩正在製作今晚的晚餐，她最撚手的……韓式生肉飯。

「要不要吃一點，很好吃的！」巫奕詩看著兩個男生。

「不……不用了！」男生說。

「小鮮肉呢，嘰嘰。」巫奕詩笑得很詭異。

「走過飯堂之後，就是我們提供的房間。」程黛娜說。

程黛娜手心拿著一張對摺的紙條，她準備給兩位男生看。

「又有新住客嗎？」

此時，一個男人從走廊走過來，他是郭首治，程黛娜立即收起那張紙條。

「我叫郭首治，是這裡的醫生，你們有什麼頭暈身㷫都可以找我，我住在308號房。」郭首治微笑跟他們握手。

「有醫生駐場嗎？好像還不錯！」男生高興地說。

「對，你們可以不用離開聖比得，所有東西都應有盡有！」郭首治自信地笑說：「黛娜，讓我來帶他們參觀。」

「好……好。」程黛娜笑說。

然後兩個男生跟著郭首治離開。

「我們這裡租金一千二百元一個月，一千元伙食費……」郭首治一面走一面介紹著。

程黛娜看著他們背影慢慢離開。

她收起了虛假的笑容，打開了手上的紙條，紙條上寫著……

「這裡很危險！立即離開！別要說出來！」

看來她的計劃又失敗了。

程黛娜申請做接待員的原因，就是想通知新住客這裡很危險，可惜，這次她又失敗了。

她不是跟瑞口智一伙的嗎？為什麼她要這樣做？

只因她的內心，絕對不壞。

程黛娜看著他們的背影，緊握著拳頭。

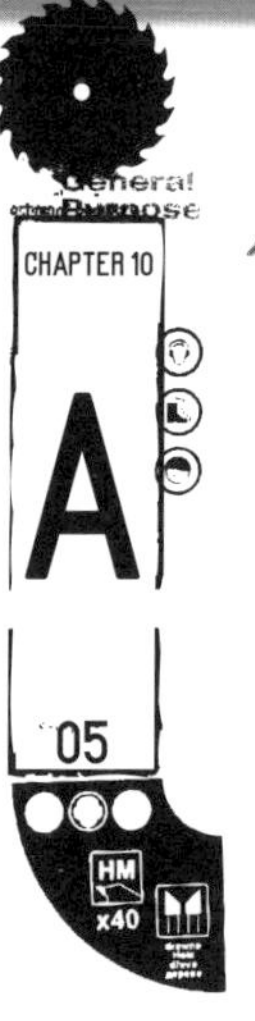

三樓。

這裡的雜物房經過改建，變成了……「行刑房」。房內總是傳來血腥的氣味，牆身染上了已經沒法洗去的血跡，很明顯，「行刑房」的意思就是這房間的用途。

房間內，有一個男人被大鐵鉤吊起，鐵鉤從他的背部插入，由前方肩膀而出，他被牢牢地鎖在鐵鉤之上，感覺有點像被吊起的燒豬一樣。

血水不斷滴下，男人正在昏迷中。

行刑房內，有三個人，105號房的肥農在準備著「工具」，而另外兩個人，他們是瑞口智與B窮三世。

「我不喜歡殺男人……」肥農一面準備工具一面說：「我比較喜歡殺未成年的少女，嘻嘻！」

瑞口智與B窮三世沒有理會他，他們在一旁抽煙。

「直至現在，我的實驗都非常順利。」瑞口智吐出了煙圈：「你呢？之後想怎樣？」

「想怎樣？不就是在這個時空繼續生活。」B窮三世說。

「我真不明白，其實你在怕什麼？為什麼要怕『他』？」瑞口智問。

「因為，最清楚『他』的人，是我。」B窮三世說：「你搞清楚，我不是害怕『他』，我是『明白』他。」

「哈哈！依你說的就是。」瑞口智笑說：「三天後，『門』又再重開，你要不要回去看看？」

「看看也無妨，不過那個窮三世可能已經死了。」B窮三世說。

「死了又如何，也不能影響我們。」瑞口智掉下了煙頭。

「你也說得對，不過，我更希望他可以想清楚自己的『黑暗面』有多黑暗。」B窮三世說完話後，站了起來走向肥農。

「今晚用什麼工具折磨他？」肥農還在挑選著工具。

B窮三世在地上一手拿起了一把電鋸！

「去你的，婆婆媽媽！用這個吧！」B窮三世說：「別要把骨頭弄得太碎，不然巫奕詩做的生肉飯就不好吃了！」

肥農拿過了電鋸，嘴角像含春一樣微笑。

這個心狠手辣的B窮三世，究竟有什麼目的？他跟A窮三世交換了時空，真的為了A窮三世？讓他過著美好的生活？

可怕的電鋸聲出現，吊著的男人被吵醒，他的嘴巴被牛皮膠紙貼著，想大叫也叫不出來。

肥農開始他的「工作」。

血水在B窮三世的身邊濺過，但他看也不看一眼，他只是看著手錶。

「應該就是今天了。」B窮三世說：「再見了，在我世界的A窮三世。」

一隻人的小腿掉到他的腳邊，B窮三世一腳把它踢開。

「媽的，又要換鞋了。」

他完全不關心血淋淋的小腿，他反而更關心自己的波鞋。

「不知道，那個窮三世，會不會被肢解呢？嘰嘰嘰。」

他高興地離開行刑房。

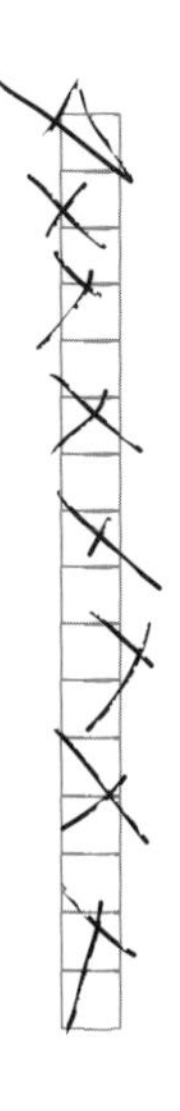

深水埗通州街天橋底。

「你知道嗎？一年前在這裡，有個露宿者被飛過來的貨車擋風玻璃碎片割開了頸！」*露宿者矮仔說：「當時我正正在場，整個人也嚇呆了！」

「是……是嗎？」甲田由說。

甲田由無家可歸，暫時只能住在天橋底。

「漏口仔，你怎樣了？好像不感興趣。」矮仔說。

甲田由看了他一眼，沒有說話。他心中想，在聖比得看過的畫面，比他所說的更血腥，血腥一百倍。

就在此時，一個男人走向他。

「住在這裡，不如回去住劏房吧！」

甲田由抬起頭看著他，他從沒見過這個男人。

他是……106號房的連成鎮！

＊露宿者矮仔，詳情請欣賞孤泣另一作品《賤種》。

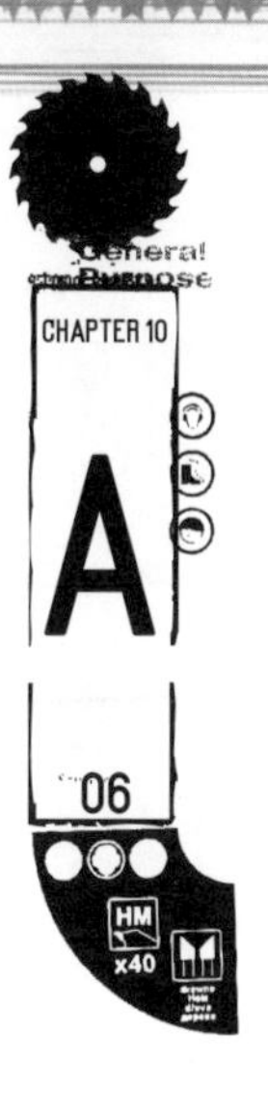

葵芳某個棄置的停車場。

連成鎮把甲田由帶到這個停車場：「這裡鬼影也沒有，別說人了！哈！」

「你……你帶我來做……做什麼？」甲田由問：「你究竟是誰？為什麼……知……知道我住……劏房的事？」

「我之前也是住在聖比得住宿之家大廈。」連成鎮打開了棄置停車場收費處的門：「我住在106號房。」

收費處的玻璃全被遮蓋，看不到室內的環境。

「1……106號房？！」甲田由非常驚訝：「一直也沒有出……現的住客，原……原來就是你！」

收費處的門打開，室內放滿了螢光幕，螢光幕內全都是聖比得住宿之家大廈的畫面！

「離開聖比得之後，我找到這裡，收費處棄置之前放了很多螢光幕監察停車場，現在正好給我用上了。」連成鎮高興地說：「我可以繼續監視聖比得，偷窺他們的生活。」

「為……為什麼……會有這些……畫面？」甲田由走上前看，他看著自己曾經入住的107號房。

「我想他們一定有威脅過你，對嗎？離開聖比得之後不能跟其他人說出那裡發生的事，不然就把你的通緝資料公開。」連成鎮坐在一張大班椅上：「那群白痴真的以為沒有人知道嗎？」

甲田由看著他自信的表情。

「他們甚至不知道我的存在，只有死去的包租婆知道。」連成鎮說。

連成鎮把所有的事情都告訴甲田由，包括他是一個小說作家，第一本小說賣出四十八本、自己是偷竊慣犯而被通緝、在聖比得安裝了針孔攝錄機，還有所有他知道的事等等。

「你……一早已經知道？」甲田由問。

「大部分吧，我一天二十四小時都窩在劏房內，最多時間就是看直播。」連成鎮看著他說：「我也知道你對著自己的電腦時，就不會口吃。」

甲田由退後了一步，只是窮三世知道這件事，他沒想到原來一直也被偷看！

「你在劏房發生的事，我通通也知道，比如你喜歡對著印度的女明星打……」連成鎮說。

「別再說……別說下去！」甲田由阻止了他：「你……你為什麼會……會找上我？」

「我記得你有什麼 **AX1 Router**，什麼美國太空總署都用的路由器，還說比正常網速快二百倍之類的。」連成鎮說：「電腦網絡那些我完全不懂，有時因為網絡太慢看不到畫面，有你幫忙，就不同了！

我們是天生一對！」

甲田由再次看著螢光幕的畫面，有些出現了雜訊與定格。

「什麼殘殺住客、什麼平行時空，全部都很有趣！都是小說的最好題材！」連成鎮高興得面容扭曲：「故事還未完，我要完成我的新書，就要你的幫助！而且，我們也可以靜靜地……破壞他們的計劃！」

「破壞他們……他們的計劃？」甲田由重複他的說話。

「對！一直也被人利用，難道你不生氣嗎？難道沒有想過報仇嗎？還有你誤會了那個窮三世，不想替他對付這班害群之馬嗎？」連成鎮搭著他的膊頭：「我們合作吧！」

「合……作？」

甲田由的確很討厭那班人，將自己玩弄於股掌之中。

「還有，我正在調查另一件事。」連成鎮說：「比他們的平行時空更有趣！」

「是什麼事？」

連成鎮指著螢光幕，指著207號房，他笑得很奸猾。

「未、來、人！」

CHAPTER 11

Z

SURFACE ANALYSIS

不同的時空，多了一個人，又或是少了一個人，會有什麼分別？

就像一條橫向的直線，只要其中一端微微向上高出了 0.01cm，直線一直延長，最終會變成非常斜的斜線。

不過線的本質還是「線」，無論是直線還是斜線。

「明天早上日出時份，天文台將會發出八號烈風或暴風訊號，全港中小學停課，交通工具將會停駛……」

電視播放著最新的颱風消息。

我看著玻璃窗外，雨水拍打在玻璃上傳來有節奏的聲音，我在手機的日曆上圈著一個日子。

八號風球後的……「第二十三天」。

這就是「門」打開的日子。

我從十三歲開始，就可以去到另一個「平行時空」，「門」會不定時打開，因為每年的八號風球日子也不一樣。

或者，熱帶氣旋的形成就是打開「門」的關鍵，不過，我沒興趣追查原理，我只知道，我又可以去到另一個平行時空，然後……殺人。

沒什麼比這更有趣。

因為我殺的人，是「我最了解」的人。

我試過，一天內，在不同的時空中，殺死三個「同樣的自己」。

這個「殺人的計劃」，由我十三歲時開始。當時我殺死了瑞口智，得到他研究平行時空的所有資料，然後我就決定了……

「讓世界只餘下我一個窮三世」。

瑞口智在普林斯頓大學的研究報告中，說明了世界存在二十六個平行時空，用**A**至**Z**命名。

我身處的時空排在第二十六，**Z**平行時空。

我的計劃，就是由二十五……二十四……二十三……一直殺下去，把所有時空的「窮三世」全部殺死。

最初，我的確是有點手忙腳亂，當年我只有十三歲，我要如何殺人？

我不斷學習，而且不斷進步。

我想我的人生之中，沒有比學習「殺人」更努力、更花時間，沒想到什麼也做不好的我，竟然有一件事可以讓我如此投入，我甚至覺得，我出生的使命，就是「殺自己」。

漸漸地，我愈來愈得心應手。

原來我這個被叫做社會垃圾的人，只要肯努力，都會有自己的長處。

我不會忘記，每一個「窮三世」死在我手上的畫面，那些不敢相信眼前「自己來殺自己」的窮三世的表情……他媽的有趣。

被自己殺死這件事，本身就有趣，現在我不是在看電影，而是親自下手，感覺更加更加興奮！

更有趣的是，這麼多個平行時空的「窮三世」，都有各自的性格，有的會跪地求饒、有的寧死反抗，我臉上的一道疤痕，就是其中一個「窮三世」做的好事。我有時會想，究竟我是哪一個性格的「窮三世」？

不過，其中一個「窮三世」因為正在監獄之中，我沒法下手。

我由Y開始一直殺，殺到第八個時，我想到一個最精彩的「情節」。我決定去到B的平行時空，先告訴那個B窮三世我會在不久的將來，親自來把他殺死，我要讓他「早有準備」，這樣應該會更加精彩，嘰。

不知道他準備得如何？我非常期待。

當然，不只是我可以殺人，聖比得住宿之家大廈的住客也一起加入了我的「屠殺大軍」，他們也可以任意殺死其他平行時空的住客。

除了那個在獄中的「窮三世」，我沒有殺死他。

還有一個問題，一個更大的問題。

在颱風的二十三日後，我可以在地下室去到任何時空，除了一個時空……

「A平行時空」。

我只可以去到其他二十四個時空，就是不能去到A平行時空。

別問我原因，就好像你問愛因斯坦什麼是廣義相對論，他可以回答你，但他沒法說出是誰創造這個世界的規則一樣。

規則就是這樣，在Z時空的我，沒法去到A平行時空；就算我從另一個平行時空出發，比如我身在B平行時空，「門」打開後，我也沒法去到A平時空。

暫時別想那個A平行時空的「窮三世」吧，因為今天是颱風後的第二十三天。

我已經殺死了二十二個「窮三世」。

今晚，我將會殺死第二十三個。

在B平時空的……B窮三世。

B平行時空。

包租婆的天台屋內。

疤痕Z窮三世，一槍把程黛娜殺死，然後再加一槍把包租婆也殺死。

「給你看點東西，哈！」Z拿出手機。

手機內是一張相片。

A窮三世看著，整個人也在抖震！

「很快你就會變成……其中一個！」Z說。

在相片中，是無數個窮三世的頭顱，Z把不同平行時空的窮三世殺死後，割下他們的頭顱，然後一直收藏！

相片中，至少有二十個窮三世的頭顱！

「怎……怎會這樣？」A窮三世看到呆了。

「喜歡嗎？全部都是你！」Z高興地說：「我明明已經在幾年前叫你準備，沒想到你竟然什麼都不做，太令我失望了。」

「幾年前？」窮三世看著死去的程黛娜：「我在一個多月前才見過你！我怎知道你會出現？！」

「一個多月前？」Z皺起眉頭。

「為什麼你跟我交換了又要回來？」窮三世憤怒地說：「還要回來殺死這裡的人！」

「等等……等等……果然！我好像明白了什麼呢。」Z放下了手槍：「你是這裡的窮三世？」

「你才是這裡的窮三世！」他的眼淚流下：「明明我跟黛娜可以幸福生活下去……明明可以過著快樂的生活……」

「我想先搞清楚。」Z搖搖頭：「你不是B平行時空的窮三世，你是……A平行時空的？」

窮三世沒有回答他，他心中只是想著替程黛娜報仇，他快速拾起地上的玻璃碎片，準備刺入Z窮三世的腹部！

「喂喂喂！你先冷靜！」Z再次用槍指著他：「我想你誤會了，我不是你見過的那個窮三世！」

「什麼？」

「我是二十六個平行時空之中，最後一個時空Z的窮三世！」Z笑著說：「我明白了，我叫那個B

平行時空的窮三世準備好等我來殺他，他卻逃到了A平行時空去！有趣！真有趣！」

現在的局面，就是Z來到了B平行時空準備殺死B窮三世，不過，B窮三世已經跟A窮三世交換了，B窮三世逃離了被殺的命運。

「我想到了一個好的點子。」Z的手槍指著窮三世的額角：「其他時空還有很多個程黛娜呢。不如這樣吧，我們合作把B平行時空的窮三世殺死，然後我們來一場公平的對決！」

Z窮三世已經玩到沒事好玩，他不想就這樣結束整個「成為唯一的窮三世」遊戲，而且，他沒法去到A平行時空，他需要一個「幫手」。

只要B窮三世死去，然後他把A窮三世殺死，這樣，就只餘下還在監獄中的窮三世。當他出獄之時，把他也殺了，Z的整個計劃就完成了。

A窮三世會怎樣？

衝動地跟這個用槍指著自己的Z硬碰？

不，A窮三世的心中正盤算著。

如果現在衝動必死無疑！他不能死在這個Z的手上，他要把Z跟B一起打敗！

同時，他也知道Z的想法。

沒錯，「他」就是「他」，他知道他的想法。

他們都知道彼此的想法，就如下棋一樣，兩個自己在博弈，誰可以勝出這一局，根本沒有人知道。

「本來你現在就可以回去，不過我想你也想了解平行時空的事吧？不用急，三天後『門』會再次打開，到時你就可以回去A平行時空。真的感激颱風獅子山和圓規，我從來沒試過三天後就可以再去一次。」Z笑說：「不，或者是B會回來看看你已經死了沒有也不定。」

A窮三世慢慢站了起來：「你要把所有的事通通告訴我！」

「當然，我急不及待跟你分享！」

Z放下了手槍，伸出了手。

他不怕A窮三世反過來對付他？

他才不怕，因為A窮三世還有很多謎團想在他身上知道，而且他總是高估自己的能力，A窮三世認為自己有能力扭轉局勢。

兩個窮三世，心底裡都是他媽的自大狂！

「合作愉快。」Z跟A窮三世握手。

聖比得「門」的平行時空理論。

由A至Z分別代表二十六個不同的平行時空。二十三年前，瑞口智誤入「門」之後，才出現二十六個平行時空，全部平行時空開始出現分歧和變化。

雖然不同時空有不同的發展，不過某些「主線」發展依然不會改變。比如不同時空的住客會有不同的性格，在機緣巧合之下，他們依然會住在聖比得，又或是成為朋友，跟聖比得有關連。

還有一個例子。

在B平行時空，「周杰倫的歌」並不存在，周杰倫沒有成為歌手。不過，《說好的幸福呢》、《安靜》、《彩虹》等歌曲卻依然存在，只不過不是由周杰倫所唱。

每年「門」的開放次數有限，只會在八號或以上風球後的第二十三天，「門」才會打開，除了Z窮三世，任何人也可以由「門」去到另一個平行時空。

「回程」可以在「門」打門的九小時之內回去，由凌晨三時到正午十二時，或是等待下一個颱風後的二十三天，「門」再次打開就可以回去。同時，可以在九小時內不斷出入其他平行時空，不限次數。

各個平行時空的「時間」是一樣的，**A**平行時空的十時三十分三十二秒，就是**B**平行時空的相同時間。另外，天氣也一樣，各個平行時空都會在同一天打風，甚至發生其他天災。

Z窮三世只要說出某個英文字母，就可以隨意由「門」去到任何平行時空，唯獨不能去到**A**平行時空，就算他去到其他平行時空後再出發，也不能從「門」去到**A**平行時空。

暫時沒有資料說明原因。

另外，如果處於昏迷狀態，也可以被傳送到另一個時空。只要說出英文字母的人觸碰著昏迷中的人，就可以一同去到另一個時空，沒有「只限一個人」的規定。

當時**B**窮三世就是以這個方法把**A**窮三世帶到**B**平行時空。

至於「門」是由誰製造？是什麼原理？為什麼會出現？等等不同問題，一律沒有真正的答案。

不過，在將來的日子，也許會出現……

平行時空的**真正答案**。

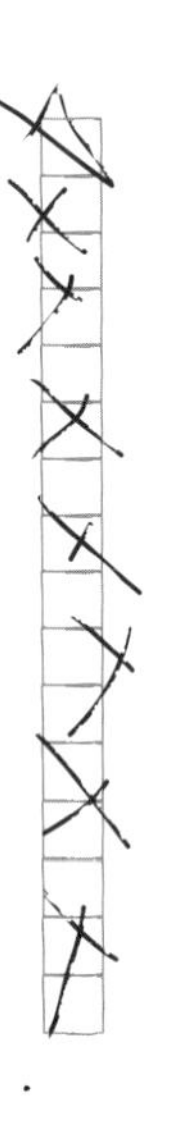

A、B、Z三個不同的平行時空。

A平行時空：

一　二十三年前，十九歲的瑞口智進入了「門」，姦殺了毛叔的女兒毛小恩；

二　自此，A和B平行時空開始出現分歧，走向不同的極端；

三　同時出現了二十六個平行時空；

四　二十三年後，A窮三世入住聖比得住宿之家大廈108號房；

五　同時B窮三世來到了A平行時空，跟A窮三世交換身分，逃過Z窮三世的殺害；

六　交換身分後，聖比得沒有停止運作，瑞口智想到了新的營運方法，繼續他的實驗；

七　而B窮三世準備在三天後回到B平行時空，看看A窮三世是死是活。

B平行時空：

一　二十三年前，十九歲的瑞口智來到一間荒廢校舍的地下室（聖比得的前身）；

二　他誤入了「門」，去了A平行時空，然後姦殺了毛叔的女兒毛小恩，因為他知道自己不屬於那裡，根本沒有任何責任；

三　從此，A和B的平行時空開始出現分歧，走向不同的極端，及出現了二十六個平行時空；

四　十九歲的瑞口智回到自己屬於的B平行時空。當時他還未知道如何打開「門」，他沒法再去A平行時空；

五　數年後，包租婆買下了聖比得的校舍，開辦了聖比得住宿之家大廈；

六　二十九歲的瑞口智遇上了十二歲的B窮三世，B窮三世會帶女同學給瑞口智「享用」，他們成為了好友；

七　B窮三世因為狗都不如的父母，性格開始扭曲，變得喜歡殺人，跟瑞口智繼續他們扭曲的友情；

八　瑞口智終於研究出來回平行時空是因「風力」把「門」打開；

九　八年前，Z窮三世從Z平行時空來到了B平行時空，預告將會來殺B窮三世；

十　二零二一年，瑞口智與B窮三世，決定去A平行時空，完成他的「聖比得劏房實驗」；

十一　B窮三世就是為了逃避Z窮三世的殺害，跟A窮三世交換了身份，讓A窮三世在B平行時空被殺。

Z平行時空：

一 **Z**時空的瑞口智沒有在二十三年前誤入平行時空的「門」，也沒有在遇上年輕時的**Z**窮三世；

二 瑞口智在普林斯頓任教有關量子力學的科目，他在一篇未發表的論文中，證明了可以從「門」去到另一個平行時空；

三 十二年前，瑞口智發現了「門」的座標正正是母親開辦的聖比得住宿之家大廈位置，他回來香港，準備第一次平行時空的旅行；

四 二零零九年七月十八日，莫拉菲吹襲香港，二十三天後，就是「門」打開的日子；

五 瑞口智遇上了十三歲的**Z**窮三世，**Z**窮三世把他殺死，得到他所有研究資料；

六 **Z**窮三世根據瑞口智的研究資料，在莫拉菲吹襲香港的二十三天後，第一次去到另一個平行時空**Y**，從那時開始，他決定把所有平行時空的「自己」殺死；

七　十二年來，由莫拉菲開始，香港發出過二十四次八號烈風或暴風信號，Z窮三世不斷來回去殺死其他時空的窮三世；

八　八年前，他去了B平行時空預告他會來殺死B窮三世；

九　兩年前，E窮三世入獄，他沒法把E窮三世殺死，要等他出獄後才可以出手殺死他；

十　這十多年來，他已經殺死了二十二個「自己」；

十一　三天後，他終於可以把A和B兩個窮三世一起殺死，成為時空「唯二」的窮三世。

香港從二零零九年七月十八日至二零二一年十月十二日，發出過二十四次八號或以上的烈風或暴風信號。當中包括：

莫拉菲、天鵝、巨爵、納沙、杜蘇芮、韋森特、啟德、尤特、天兔、海鷗、蓮花、妮妲、海馬、苗柏、洛克、天鴿、帕卡、卡努、山竹、韋帕、海高斯、浪卡、獅子山及圓規。

B平行時空，108號房。

我回到自己劏房，瑟縮在房間一角，不時聽到房外傳來慘叫的聲音。

B平行時空的住客一個又一個被殺；那些善良的人，一個接一個的被虐殺。

我什麼也做不了。

我連黛娜也救不了。

她死前，一定覺得我一直欺騙著她，我不是本來B平行時空的窮三世。

「我是A平行時空的窮三世……」我低下了頭自言自語：「對不起，黛娜，我真的對不起妳。」

沒想到除了那個B以外，還有其他二十四個「我自己」，而殺死黛娜的人，就是第二十六個窮三世，Z平行時空的窮三世。

「是不是瘋了？」我在自己問自己。

或者，從我錯手殺死上司開始，入住聖比得之時，我已經瘋了。

Z根本可以一槍殺死我，那個Z窮三世不殺我，就是要我把B窮三世引來這個平行時空，然後他的計劃一定是……把我們兩個都通通殺死。

他有這麼憎恨「自己」？他已經殺死了二十二個「我」，為什麼他會如此心狠手辣？

就連那個B窮三世也怕了他。

或者，我明白B為什麼要「害怕」Z，因為那個Z，已經殺死了二十二個「我」，沒有人比他更清楚要如何對付「我」。

我有什麼方法不被殺死？

有什麼方法可以打敗那兩個「我自己」？

「我要了解他們的想法。」

很奇怪，明明就是我自己，卻要了解我自己。

我最害怕是什麼？有什麼東西可以把我影響？

突然，我腦海中出現了我「最恐懼」的畫面！

「對……我們所有窮三世，都有扭曲的性格……」我看著自己的影子說：「我們的性格不同，不過有些事，我們應該有相同的經歷才會變成現在的我。」

那天我殺死上司時，我根本沒法控制我自己，我一直把刀插入他的身體之內，只是我的潛意識跟自己說：「我只是錯手殺人！錯手殺了他！」

當時，我腦海中出現了「最恐懼」的東西！

然後，我不能自控地，不斷用刀插入他的身體。

「這一定是『我們』的弱點！一定是！」

不過，我要怎樣利用這個……「弱點」？

此時，108號房的房門打開。

「窮哥哥！」

他是307號房的孖生弟弟張德！

如果沒有估計錯誤，在B時空的張德已經因為某些原因死去，然後，B時空的窮三世把我，還有在A平行時空的張德一起帶來。

張德的背心，已經染上了鮮血。

「很奇怪……我另一個哥哥突然走出來殺死了我哥哥！」張德說。

應該就是Z平行時空的張基，殺死了B平行時空的張基。

「這個哥哥沒有殺我！他說在他的時空中，我已經車禍死了！」張德說：「他說要成為我的新哥哥！他要跟我一起劏青蛙！」

我皺起眉看著他。

「你是跟我一起來的張德？」我問。

「什麼意思？我跟你說過，這裡很古怪！哥哥經常叫我別要做壞事！明明以前我們都一起劏青蛙的！」

他真的是A時空的張德，不會有錯。

「等等……」我突然想到：「為什麼只有A時空的你沒有出車禍？」

「什麼意思？」張德不明白我的問題。

會不會是……

「咯咯！」

就在此時，有人敲我的房門！

Z平行時空。

在Z窮三世入侵B平行時空的同一天。

304號房通往的地下室，「門」在凌晨三時到正午十二時開啟。

現在是早上十時。

通往其他平行時空的「門」，究竟是怎樣的？像電影一樣出現一個發光的圓圈？還是像《叮噹》一樣有一道隨意門？

不，通通也不是。

在「門」打開的九小時內，地下室中央會出現一塊長身的全身鏡，只要對著鏡子中的自己說出想去的平行時空的英文字母，就可以去到那一個平行時空。

沒有電影那樣的特技效果，也沒有穿梭時空的配樂，跟你平常照鏡一樣，說出英文字母後，就可以去到那個平行時空。

Z窮三世去到B平行時空的這一天，「門」出現，有一個男人正在看著鏡子中的自己。

Z窮三世已經把Z時空的聖比得住客帶到B平行時空進行殺戮，現在Z平行時空中的大廈內，根本沒有住客。

這個看似三四十歲的男人又是誰？

男人在聖比得住宿之家大廈走過一遍，沒發現其他的住客，這裡的環境有點似曾相識的感覺。

「這就是……聖比得的地下室嗎？」他看看手錶說。

最後他來到了地下室。

他看著鏡子，鏡子中的他，留著一頭曲髮，頭髮的長度正好來到他的頸部。

他對著鏡子中的自己說：「B。」

完全沒有變化，他還是跟上一秒一樣，看著鏡子中的自己，沒有任何的變化。

其實他已經來到了B平行時空。

男人從樓梯走回 304 號房，他走出了房間，對面 308 號房的房門掛著B平行時空郭首治的頭顱，死去的郭首治樣子非常驚慌，應該是在死前看到了最驚恐的畫面。

來。

或者，就是看到他「自己」。

血水還在滴下，從被切開的頸部一直滴在地上，明顯地，他剛死去不久。

「我真沒想到，原來小時候我曾看過類似的畫面。」男人沒法正視郭首治的頭顱，他差點要吐出來。

早上的陽光照入走廊，走廊完全沒有陰森恐怖的感覺，不過，卻充滿了血腥味，血跡佈滿牆壁。

他走到307號房，孖仔張基與張德的房間。房間內沒有人，他停了下來看著似曾相識的畫面。

然後他經過302號房和306號房，門沒有關上，陳美桃被肢解，身體不同的部份散落在302號房內；住在306號房的黃奎安，下體被切去，被放在自己的口中，只有小朋友身形的他，像吃著雪糕一樣，血水從他的口角流下。

男人小心翼翼地從三樓走到一樓，他知道自己不能被發現。

直至他來到了108號房。

A窮三世與張德，就在房間之內。

他輕輕敲房門。

「是誰？」窮三世在房間內問。

男人沒有回答他，推開了大門。

他跟窮三世對望，還有張德。

「你……你是誰？」窮三世問。

男人沒有回答他，他只是看著張德。

「我問你是誰！」窮三世追問。

「青蛙。」男人說。

「青蛙？」

「嗯，沒想到小時候的我，曾跟你在同一個房間內。」男人說：「我完全忘記了。」

「什麼意思？」

男人走向窮三世，在他的耳邊說。

窮三世第一個反應非常驚訝！他看著還在糊里糊塗的張德！

「不……不會吧？」窮三世再次被嚇到。

男人點點頭。

剛才，他在窮三世耳邊說……

……

…

.

「我是三十一年後的張德，就是他。」

他指著只有八歲的張德。

颱風獅子山襲港三天後，第二個颱風圓規襲港，這是香港有記錄以來，日子最接近的颱風。

同時代表了，二十三天後，十一月四日，「門」再次會打開。

十一月四日，凌晨三時。

「B。」

B窮三世在鏡子前說出了英文字母。

四周沒有任何的變化，除了他身後的牆上多了一行字。

「我等你回來！FUXK YOU！」

是A窮三世在牆上噴的字，B回到了B平行時空。

「嘿，看來A知道我會回來。」B笑說。

他還以為會有人在地下室等他，沒想到這裡一個人也沒有。

他這次的行程，就是想知道一切是不是依照他的劇本進行。如果他沒有估計錯誤，Z已經把A殺死。

不過，他以為「劇本」只是由他一個人所寫，其實還有其他人在寫。

B離開了地下室，走出304號房，同樣的，他看到郭首治的頭顱掛在308號房的房門前。頭顱已經被掛了三日，血水已經流光，本來蒼白的面容變得更蒼白。

「哈！看來那個Z比我們更瘋狂呢。」B高興地說。

他走到各個劏房房間查看，B平行時空的住客全部都已經死去，不過，那些住客不是他的「主菜」，他要看到A窮三世死掉才會更高興。

八年前，他知道Z會來殺他，他想到跟A平行時空的窮三世交換的計劃，現在看來他的計劃已經成功了。

Z窮三世以為殺死的人是B，其實他殺死了A，然後B窮三世就可以來回其他的平行時空生活。

你以為B窮三世跟A交換身份是為了A？才不是呢。

現在，他代替了A窮三世繼續生存下去，這就是他的真正計劃。

當然，他有想過跟Z正面交鋒，不過，B覺得現在的「劇情」更好玩，而且，那個已經殺死了二十二個自己的Z，絕對不容易對付。

B來到了108號房，他總是覺得A會死在自己的房間。

他打開了門。

「啊？」

他沒想到……

「為什麼你還未死？」B看著瑟縮一角的人。

他就是A平行時空的窮三世！

「全都……死了，全都死了……」A表情痛苦地說。

「但為什麼你還未死？」

B覺得奇怪，不過他完全不怕A，因為一直以來，A窮三世都只是被自己玩弄的棋子。

「其他人都死了，黛娜……黛娜也死了。」A變得瘋瘋癲癲。

「你不喜歡我給你的新生活嗎？」B蹲了下來，自信地看著A：「怎樣了？黛娜是不是很誘惑？你有沒有舔過她的紋身？」

A用一個非常兇狠的眼神看著他。

「別要這樣，你就是我，我就是你，我們一起上過同一個女人，又有什麼出奇？」B態度囂張。

突然！A拿出一把刀想插入B的身體！卻被B一手捉住他的手腕！

然後B拿出一把手槍指著A！

他當然不是傻的，沒什麼準備就回來這裡？才不是，B已經有備而來！

「把刀放下，子彈比你的刀更快呢。」B得意地說：「我想知道那個Z去了哪裡？為什麼你還未死？」

「我已經殺了他！」A大叫。

「什麼？他是這麼容易對付的嗎？」B搖搖頭說：「早點說吧，我就不用怕他，沒想到你也可以殺了他，我也絕對可以，哈哈！」

「我要殺死你！」A大叫：「殺死你！」

「啊？等等，如果我也把你殺了，所有的平行時空就只餘下我了！」B想到了這一點：「Z沒法完成的壯舉，就由我來完成！」

「你……你有開過槍嗎？」A突然問。

「什麼？」B不明白他在說什麼。

「怎麼你安全鎖沒有開？」A說。

的確，B用槍不多，不過他絕對有打開安全鎖的。

他被A引導，看了手槍的安全鎖一眼。

就在半秒的時間……

A推開了B的手槍！

「擦！」

一下清脆利落的刀割聲。

「啪！」

一下走火打錯地方的槍聲。

「白痴，刀當然不夠子彈快，不過，都要視乎用槍的人是白痴還是高手，嘰嘰！」A奸笑。

子彈打進了108號房的牆身，沒有打中A，同時，A手上的刀，已經割破了B的喉嚨！

A快速把B的手槍打飛，同時轉到他的身後，用手臂纏著B的頸，血水流得更快！從頸部瘋狂噴出！

「剛才你說輕易殺了我嗎？」他說：「看來你比A窮三世更白痴，哈哈！真好玩！真好玩！」

這個人不是A窮三世，而是扮成A的……

Z窮三世！！！

一小時前。

二樓休息室。

「我有一個計劃。」Z說：「我想跟你交換身分。」

「什麼意思？」A窮三世問。

「我要假扮你，然後等那個B回來看你的死活時，我就在他懵然不知時把他殺死！」Z說：「這樣最好玩！一定很驚喜！哈哈！」

「你怎知道他一定會回來B平行時空？」A窮三世問。

「你說呢？」Z看著他奸笑：「我們都是最清楚他的人，嘰嘰。」

沒錯，B一定會回來，這是「窮三世」的潛藏性格，他要知道自己的計劃是否成功；看到計劃成功，就會自誇一番。

A窮三世看著Z身旁桌上的手槍，他知道現在不能亂來。

「對不起了我的最後對手，我要先困著你。」Z拿起了手槍站起來：「等我殺死B以後，就會跟你來一場真正的對決，Z與A的最後決戰！」

A窮三世看著他沒有說話。

Z離開後不久，休息室門鎖被破壞，門打開，那個成年的曲髮張德走了入來。

「聽我說，今晚當『門』打開時，你跟張德就回去A平行時空！」曲髮的張德說。

「我不明白，為什麼你要幫我？」窮三世對著他說：「如果你只是想救過去的自己，不讓未來的你消失，你只要幫助小時候的張德就可以了，不是嗎？為什麼你要幫我？」

成年的張德沒有說話。

「快說吧！」窮三世。

「因為你未來的女兒……」張德說：「是我的太太。」

「什麼？！」

「如果你死了，她就不會出生！所以我要救你！」成年張德說。

窮三世完全不能消化他的說話，平行時空、回到過去、未來人等等，通通都是他沒法想像的事，而且全部發生在自己身上！

「我會再跟你解釋！」張德雙手捉位他的肩膀：「你要相信我！」

窮三世看著他的眼神，認真的眼神。

他心中想，我還可以相信誰呢？

……

‥

．

凌晨三時零五分。

成年張德救出了被反鎖在休息室的A窮三世，然後他們快速來到了最接近304號房對面的308號房。

B窮三世從304號房走了出來，而A窮三世、張德與成年張德正躲在對面的308號房內。

「哈！看來那個Z比我們更瘋狂呢。」B窮三世說。

他們聽到B高興地自言自語，不久，當B離開三樓後，他們三人一起走到304號房，來到地下室，準備回到A平行時空。

「要怎樣回去？」窮三世問。

「等等……」成年的張德看著地下室中央：「為什麼……不見了？」

「不見了什麼？」窮三世問。

「鏡！」成年張德緊張地說：「應該有一面鏡！向著鏡說出英文字母就可以去到另一個平行時空！」

地下室的中央，什麼也沒有。

明明在五分鐘前，B窮三世才從鏡中來到B平行時空，為什麼現在鏡卻……

消失了……

「你不知道怎樣操作的嗎？」A窮三世問。

「不，我沒有問清楚……」

「什麼？！」

成年張德是從未來到來的人，他知道時空旅行的方法，卻不知道去到另一個平行時空的方法！

「等等……讓我想想。」成年張德：「我從Z平行時空來到B平行時空，當時鏡子還在的……」

「窮哥哥，發生什麼事？」八歲的張德問。

A窮三世看著他，然後又看了一眼成年的張德，他也不知道究竟發生了什麼事！

「Z跟我說颱風的二十三天後『門』就會打開！然後在凌晨三時至正午十二時可以自由地來回平行時空！」A窮三世看看手錶：「現在是三時零八分，應該會出現『門』！」

「不，不對……」成年張德看著A窮三世：「應該還有什麼要做的，『門』才會打開！」

A窮三世呆了一樣看著他。

A把自己代入Z的思維裡去想，那個Z把所有事情都告訴自己，不就是讓自己可以回到A平行時空？但Z不能去到A平行時空，這樣不就等於放過A？

Z還說什麼對決？

Z窮三世才不會這樣笨！他當然沒有把來回平行時空的詳情告訴A！

成年張德說得對，一定還有什麼事要做，才可以回去！

地下室內。

「會不會是要念什麼咒語？」

「要做什麼動作？」

「還是需要什麼手勢，『門』才會出現？」

「三天前，我首先去到Z平行時空，當時Z平行時空的住客已經來了B平行時空，聖比得已經沒有人。」成年張德在回憶著：「然後我什麼也沒有做，只是來到地下室，鏡就在中央，我說出了『B』，然後就來了B平行時空，跟你見面後，我一直躲著等待今天的到來。」

「你真的是什麼也沒有做？」窮三世問。

「對！一來到地下室，鏡已經在中央位置！但現在卻什麼也沒有！」

他們兩人在地下室思考著方法，八歲的張德完全不明白他們說什麼，他快要睡著。

十五分鐘後，窮三世坐在地上，開始出現放棄的念頭。

「所有事，都太不可思議。」他苦笑：「我寧願這是夢，我可以快點醒。」

「這不是夢，是真實發生的事！」成年張德說。

「我的女兒叫什麼名字？」窮三世突然問。

成年張德停下了踱步，看著他：「裕程。」

「窮裕程嗎？『裕』同音『遇』。」窮三世笑說：「我明白了，是窮三世遇上程黛娜，是這個意思？」

「我也不知道！」成年張德說。

「或者，死在這裡也不錯。」窮三世說：「被自己殺死自己。」

「不可以！這樣未來就會改變，裕程就不會出生！」

「看來，你是真心愛著我的女兒。」窮三世看著睡著了的八歲張德：「為什麼你會從未來到來救我？是誰要你來救我？」

「一個陌生人。」他說。

「什麼？陌生人？」

很明顯，成年張德不想說出真正的幕後人。

就在此時，窮三世的手機響起。

來電顯示是程黛娜！

「喂！是誰？！」A窮三世接聽。

「當然是我！」Z窮三世高興地說：「沒想到你可以逃走，我已經殺死B，現在只餘下你了！哈哈！」

窮三世看著樓梯。

「我知道你現在在哪裡，我馬上來找你！」Z說。

窮三世立即掛線。

「他要來了！」窮三世回頭說：「張德你先留在這裡，我們很快會回來！」

窮三世怕連累小孩張德讓他有危險，叫他先留下來，還沒睡醒的張德沒有回答他，只是看著他。

「我們上去！」他跟成年張德說。

窮三世與成年張德快速跑上樓梯！他們回到了304號房。

就在此時！

房門外已經站著幾個人！

他們是Z時空的王烈杉、肥農，還有Z！

窮三世他們來遲了！

「啊？為什麼多了一個人？你是誰？」Z問。

成年張德沒有回答他。

「算了，好吧好吧！現在來一場A與Z的對決吧！」Z高興地說：「三對二也很公平呢。」

Z根本沒有想過「公平」對決，他知道A根本不是他的對手，其實，他是想順著次序，先殺B，最後才殺A！

Z一直也在玩，**玩著殺自己的遊戲**！

同一時間，地下室。

「這是什麼？」張德走到中央位置。

在他的面前……

「為什麼有面鏡子？」

他想起了剛才成年張德的說話，對著鏡子說出英文字母。

然後他說出了：「A。」

他說完後，四周完全沒有變化。

不過，在他後方牆上的「我等你回來！FUXK YOU！」消失了……

他回到了A平行時空！

為什麼「門」會突然打開？

張德做了什麼嗎？

不，他什麼也沒有做。

「門」打開的原因與「鏡」出現的邏輯，只不過是……

……

…

.

一個清醒的人獨處時，門才會打開。

304號房。

Z三人一直向前迫近，A窮三世他們只能退後！

「張基問我，張德去了哪裡？」Z說：「會不會是你把他藏起來？」

「我想肢解那個男人！」Z時空的王烈杉高興地說。

「那個奇怪的男人就留給你們。」Z說：「窮三世是我的！」

A窮三世兩人已經來到了樓梯位置，他們已經無路可退！

「你沒有武器帶來的嗎？」A窮三世在成年張德耳邊問。

「我以為只要帶你回去A平行時空就可以了，我根本沒有帶武器！」成年張德說。

「真的要跟你說再見了，A窮三世！」Z舉起了手槍：「好吧好吧，我還是給你一個機會，我們來一場『俄羅斯輪盤』吧，我先向我自己開一槍，然後再向你開一槍，我的手槍應該還有一發子彈，看看是我自殺還是你被我殺死！」

「白痴！」A窮三世奸笑：「你根本就已經安排好，第一發根本沒有子彈，子彈會在第二發，你只是扮作給我希望，然後要我懷著希望死去，這樣就會變得更絕望！」

Z收起了笑容，因為……A窮三世完全說中！

「我太清楚你！白痴窮三世！」A窮三世說。

Z立即向窮三世開一槍！

是空槍，沒有子彈！

「對，我忘記了，你就是我，我就是你，我們都很了解對方。」Z搖搖頭笑說：「不過，世界上將會只餘下我一個窮三世，再見了！」

子彈從槍管發射，第二發的確裝著子彈！

就在電光火石之際，張德把窮三世推開，窮三世從樓梯掉下去！

張德的血水就如慢動作一樣，濺在窮三世的面上！

他看著張德的背影，張德回頭說：「別要讓裕程消失……名字叫張……」

窮三世聽到張德說出一個「名字」，然後他立即向樓梯跑下去！

他心中只想著張德救了他一命！

救了他一命！

他不能讓他的犧牲白費！

我一定要生存下去！

一定要！

他回到了地下室，鏡子出現在中央的位置！

他呆了半秒，完全不知道為什麼鏡子會出現，而且八歲的張德已經消失不見！

窮三世快速走到鏡子之前，他看著面上染血的自己，同時，他聽到腳步聲接近！

「我要回去了！」窮三世對著鏡子的自己說。

「A！」

二零五二年，比華利山別墅。

張德所說的「陌生人」，正在露台喝著茶，看著藍天下的風景。

「他成功了嗎？」

他拿著茶杯的手在震，因為年事已高，連杯子也拿不穩。

「我替你拿著吧。」在旁的女護士說。

「不用，我還可以。」他微笑說。

他一面搖著古典樺木安樂椅，一面喝著他的茶。

他的身形矮小，從安樂椅的後方看過去，被整張安樂椅擋著視線，看不到他的身影。

「今天你有個訪問，別要忘記。」女護士溫柔地說。

「是今天嗎？我差點忘記了，呵呵！」他笑說：「妳是我的私人護士，還是秘書？哈！」

女護士微笑。

然後，她把一台平板電腦遞給老人看，出現了一個立體影像。

影像上寫著……

「RRM集團始創人，全球最年長的不老症患者訪問」。

CHAPTER 12

平行 PARALLEL

SURFACE ANALYSIS

A平行時空地下室。

我看到牆上沒有我噴的字，我知道……我已經回來了。

回到A平行時空。

Z等人不能進入A平行時空，而B已經被Z殺死，這代表我已經逃過了這次的危機！

我看著那面鏡子，看著鏡子中的自己。

未來的張德救了我，不只是這樣，他還救了小時候的自己，他的任務已經完成了？可惜，他卻……

我的女兒呢？

她會因為失去張德而很痛苦？

突然，我腦海中出現了黛娜的樣子！

「她……還在！A平行時空的黛娜還在！」

我立即走出地下室，回到了304號房。

我走到走廊，走廊回復陰森恐怖的模樣，不，應該說更陰森恐怖，血腥味刺入鼻子之內。

A平行時空的聖比得，在這幾個月內應該發生了巨變。

我來到了307號房，打開了房門，張德睡在床上，他應該是累透了。

「嘿，是你救了我，我一定會讓你好好生存下去！」我對著熟睡的他說。

突然我聽到走廊傳來了聲音！我立即走入307號房！

「最近的新住客質素愈來愈好，不錯。」

「你說A5和牛質素？」

「嘿，我是說都很年輕，都是『小鮮肉』。」

「我最喜歡年輕人！很好玩！好玩！」

A5和牛質素？小鮮肉？

我從門縫中偷看，是郭首治和東梅仙，他們走過了307號房，然後走進了郭首治的308號房。

他們沒有死去？而且沒有互相廝殺？

現在我終於回來本來的A平行時空，不過我還是不安全，而且我還被通緝，別要說什麼脫貧，我連要如何生活也不知道。

「窮哥哥？」張德醒了過來。

「張德！」我走到他身邊。

「我們回來本來的地方了？」張德睡眼惺忪地說：「我是不是發了一場夢？」

「對，你就當是一場夢。」我想起了黛娜被殺的畫面：「總之你好好休息，我去了解現在聖比得的情況後，再回來找你。」

「好的，那我繼續睡了……」

他很快又進入了夢鄉。

如果我還是孩子有多好，好像張德一樣，所有發生的事，都只覺得是一場夢。

我離開了307號房，來到了二樓，208號房。

我敲門。

「是誰？」

「窮三世。」

不久，她打開了房門，我再次看到黛娜，她沒有死去，我的眼淚在眼眶中打轉，我很想深深地擁抱著她！

可惜，我知道她不是那個跟我熱戀兩個月的黛娜。

「找我有什麼事？」黛娜問。

她看似非常憔悴，黑眼圈也很大，應該沒有好好睡過。

我看一看走廊沒有其他人，然後說：「我不是那個窮三世，我是本來的窮三世！」

她呆了一樣看著我。

「我沒有欺騙你！我從另一個平行時空回來了！」

她看著我憂傷的眼神。

我沒有說謊，我知道她一定感覺得到。

「先進來，你站在走廊說話很危險。」黛娜說。

我們走進208號房，房間跟B平行時空的有很大分別，沒有可愛的佈置，甚至有一份陰森的感覺。

我看到桌上一張合照，相中是黛娜跟另一個男人。我在B平行時空沒見過這個男人，還有一本寫著「Diary」的日記本。

「你真的是之前那個窮三世？」黛娜還未完全相信。

「對！千真萬確！」我認真地說。

「你有什麼證據？」她問。

「我曾叫過妳一起去305號房找那個女孩書小婼。」我回憶著：「當時因為那個女孩只穿著內褲，妳叫我跟田由在外面等，等她穿好衫褲才讓我們進入！」

我相信B窮三世不會有跟我們一樣的經歷。

「真的是你！你是怎樣回來的？你為什麼會回來？究竟發生了什麼事？」她連續問了幾個問題：

「為什麼你要來找我？」

「我來找妳的原因，就是想把所有所有的事通通告訴妳！」我說。

我開始說出一直以來發生的事，包括在B平行時空遇上她的所有事情，她一邊聽一邊不斷搖頭，但沒有阻止我說下去。

「三天前，B平行時空的妳，被Z時空的我殺死了。」我表情痛苦。

「她……她是一個怎樣的人？」黛娜問。

「很溫暖、很正面的人，而且會經常鼓勵我，還跟我說別要總是把痛苦一個人承受，她會跟我分擔我的煩惱。」我說。

黛娜的眼淚……不禁流下。

是因為我們的故事讓她很感動？還是她本來就是這樣的人？只因為成了通緝犯後不能回頭，再不能成為這麼溫暖的女人？因為這樣感覺到痛苦而流淚？

我不知道真正的原因，不過，我做了一個動作。

深深地擁抱著她。

我的眼淚也流下。

其實，我回來A平行時空的其中一個原因，就是想再次見到生存的黛娜，儘管她不是同一個人，我也很想很想回來找她。

「那個我……還會懷著這份純真的心。」她抹去了眼淚微笑：「這時空的我什麼也改變了，再不能變回純真了。」

「不！妳還是妳，妳的本性是善良的！」我說。

「善良？」她苦笑：「你知道這兩個月聖比得發生什麼事嗎？」

「發生了什麼事？」

然後，黛娜把A平行時空發生的事也告訴我。

他們繼續營運聖比得住宿之家大廈，繼續租出剮房，不過跟以前不同，新的住客變成了被虐殺的人。

成為了那一群茹毛飲血怪物的獵物！

「不只是獵物，還有……食物，因為我吃素，他們才沒有強迫我吃。」黛娜說。

他們……一直在吃……人肉？！

「為什麼你不離開聖比得？」我問。

「我可以去哪裡？」她看著桌上的相片：「我殺了人，殺了我男友！我根本沒地方可去！」

她把自己的事告訴我。

她的男友搞上了他的女同事，然後，黛娜錯手把他殺死。

我想她從來也沒有跟其他人說過自己的事，她的眼淚沒法停止地流下。

她沒法離開的原因，其實並不是沒地方可去，她手上自殘的疤痕也是一樣，我覺得她更像在……

懲罰自己。

「如果你可以回去那個平行時空就快回去吧，不要回來了！」黛娜對我說。

我搖頭，我不能這樣掉下她不理！

我要想出一個更好的方法！

此時，我的手機響起，是他！

「窮！你回來了嗎？！」

「田由？為什麼你知道我回來了？」我覺得非常奇怪。

「房間……」他在電話中說：「有針孔攝錄機！」

CHAPTER 12 平行 PARALLEL 03

第二天下午。

我、黛娜、田由，還有那個我從來沒見過，住在106號房的連成鎮，我們四人約了在西貢一所偏僻的茶座見面。

而在聖彼得的張德，我們暫時安排他在黛娜的房間，而且吩咐他絕不能走出來。

原來連成鎮在整個聖比得安裝了針孔攝錄機，他知道所有事！

「你真的是變態狂！偷窺狂！」黛娜生氣地說。

「我變態？還是你們變態？」連成鎮：「你們不斷虐殺新住客，還把他們吃了！」

「我沒有吃！」黛娜反駁。

「好了！大家別吵！我們現在是一伙人！」田由說。

「等等……為什麼你沒有口吃？我在電話已經覺得很奇怪。」我問。

「連成鎮教我幻想面前有一台電腦，然後我慢慢練習，現在已經不會口吃了。」田由高興地說。

「原來如此。」

的確，他只要看著電腦，就沒有口吃了，這是心理問題，可以克服的。

「窮，對不起，當初我沒有相信你……」田由向我道歉：「還說你就是兇手。」

「如果是我，我也不會相信。」我微笑說：「世界上怎可能有另一個自己呢？我沒有怪你。」

「好了好了！寒暄時間完結，回來正題吧！」連成鎮拍拍手。

「你為什麼要約我們出來？」我問。

「這就是我現在想說的。」連成鎮說：「不過，還要等一個人。」

「誰？」

「我來遲了！」

一個小朋友走向我們，不，他不是小朋友，他是擁有小朋友外表，卻已經三十八歲的成年人，306號房的黃奎安！

「為什麼你會來這裡？」黛娜問。

「因為我跟連成鎮合作了。」黃奎安坐了下來。

然後，連成鎮與黃奎安拿出他們的筆記本，不，不能說是筆記本，應該是說幾本超厚的電話簿，他們一直也在調查著整件事！

黃奎安跟黛娜一樣，沒有離開聖比得。不過，他不是為了懲罰自己，而是想找出所有事情的真相。

「好了，我們先來組織一下。」黃奎安說：「我還有很多事要問你窮三世。」

「等等……」我阻止了他：「為什麼我要相信你？」

「不，你不要相信我，我們現在是合作。」黃奎安說：「就像那時一樣，我們合作，然後找出真相，還有討論未來的計劃，你也不想繼續過逃亡的生活吧？」

「有什麼方法？」

我看著黛娜，我的確想把黛娜帶離聖比得，不過我還未知道要怎樣做。

「首先我想說，聖比得除了平行時空，還出現了……『未來人』。」連成鎮高興地說：「媽的，如果把這些寫成小說，一定很好看！」

「未來人？」黛娜感到驚訝。

「對，而且妳也見過她。」連成鎮說：「207號房的富裕程。」

富裕程？

窮裕程？

他是在說同一個人？我的女兒？！

「她是……未來人？」黛娜更加驚訝。

連成鎮說，曾經在207號房聽到她跟某人對話，而且話題都是未來的事，而且他發現她從來不需要吃東西，只需要吃某種藥丸就可以，這應該就是未來的食物。

「我當時覺得她很古怪，還跟我說什麼『聖比得的秘密』之類的說話。」黛娜說。

「窮，你怎樣了？面色很難看。」田由問。

「沒……沒什麼！」我微笑說：「只是覺得太不可思議！」

富裕程是我的女兒？她是我跟黛娜生的女孩嗎？是不是成年張德所說的窮裕程？

如果那個富裕程是從未來到來，她是不是想見見年輕時的媽媽？

「我不知道這個『未來住客』跟聖比得的平行時空有什麼關係，不過，可以肯定她來到聖比得一定是跟我們有關！」黃奎安說。

「好了，窮三世，我們已經告訴你一些你們不知道的事。」連成鎮說：「到你告訴我們有關平行時空的事了！」

一小時後。

「即是出現了另外兩個你自己？加上你就是三個？」連成鎮興奮地抄寫著：「太有趣了！」

「那個Z沒法來到這個時空，現在算是安全了。」我說。

「只可以說是暫時安全，你不會知道未來的Z能不能來到A平行時空。」黃奎安說：「而且，你說『門』的出現邏輯根本就有問題。」

「有什麼問題？」我問。

黃奎安在他的筆記上寫著。

「是日子的問題。」他說：「我就當你去到B平行時空是第一次進入『門』。」

第一次，A窮三世第一次被送到B平行時空；

第二次，兩個月後，Z窮三世來到B平行時空，是颱風獅子山二十三天後；

第三次，三天後，A窮三世回到A平行時空，是颱風圓規二十三天後。

「因為兩個颱風只相隔三天，所以第二次出現『門』的三天後，又再出現『門』。」黃奎安用筆指著筆記：「你看到問題所在了嗎？」

我認真看著他寫的內容。

「那第一次呢？是那一個颱風的二十三天後？」黛娜問。

「BINGO！妳看得出來了！」黃奎安說：「我在網上查看二戰後香港八號風球的記錄，颱風獅子山的上一個颱風是『浪卡』，在二零二零年十月十三日襲港。」

「一年前？沒可能的！」田由說：「窮第一次離開這裡，只是兩個月前！」

「我明白了……」我看著颱風的日子：「『門』不是因為打八號或以上的風球而出現！」

「對，掛不掛風根本就是天文台決定的，因為會影響股市與行業停工，有時就算明明要掛風都不會掛。」黃奎安說：「才有惡搞叫『李氏力場』。」

「『門』不是因為掛颱風就會出現！

「依照你第一次被送去B平行時空的日子前二十三日，大家有印象嗎？當天很大風，而且下大雨，當時天文台被批評為什麼不掛風球，當然，很大可能就是『李氏力場』的關係。」黃奎安說。

「是風力！」我看著他說。

「對，跟我的推論相同，不是因為天文台掛風球，因為這只是『人為』因素，『門』不會因為人為而打開，我反而覺得是我們沒法控制的天氣，即是……『天的安排』。」

這個推論的確是很有可能！我看著小孩一樣的黃奎安，他非常聰明，我突然覺得如果我把所有發生的事都告訴他，可能對我有幫助！

最重要是，現在我們出現了……「共同的敵人」，擁有共同敵人就可以成為聯手的朋友。

「窮三世，你之後有什麼計劃？」連成鎮問：「好像愈來愈好玩！哈哈！」

為什麼會是「好玩」？

「我沒有任何計劃，我只想逃離現在的困境。」我說。

我不只是要脫貧，我甚至要知道怎樣生存下去。因為我一直被通緝，如果沒有聖比得這個避難所，總有一天會被捉到，最後只能在獄中渡過我的餘生。

啊……等等……

逃離現在的困境？！

「你想到什麼了？」田由問。

我認真地看著他們。

「我有一個想法……」我跟他們說出我的計劃。

晚上。

葵芳棄置停車場。

「你們是怎樣洗澡？」我問。

「免費消防喉的水。」連成鎮指著停車場出面：「你想洗多久就洗多久，而且沒有人，你裸跑都可以。」

我點頭。

我走進停車場的收費處，這裡就是田由和連成鎮暫住的地方，前方全都是螢光幕，都是聖比得的畫面，而收費處的玻璃，全都用報紙遮擋著。

我決定暫時住在這裡，明天就帶張德過來，而黛娜與黃奎安先回到聖比得，之後我們再從長計議。

連成鎮繼續監視聖比得的情況，我跟田由打開了收費處的門，坐在門外，看著無人的停車場。

「我來這裡住下來後，才發現無論住在哪裡，最重要的不是空間有多大。」田由看著連成鎮：「而是有人可以跟你分享生活日常，就算生活沒有什麼特別也好，都想分享。」

我明白他的感覺。

「這是都市人的寂寞感。」我的頭髮被風吹起：「尤其是在聖比得，四十呎的劏房，不是大小的問題，而是面對四面牆而又沒有跟其他人交談，我們不瘋已經很好了。」

「你說在B平行時空遇上的住客都很好？」田由問：「我想在那個時空的我，一定比現在的我生活得更好。」

「嗯，很融洽，如果不是Z來了B時空，我很想在那裡繼續住下來。」我想起了死去的人：「可惜，B平行時空的住客全部都死了。」

「你剛才所說的計劃，真的可行嗎？」田由問：「我們可以有一個新的開始？」

「我也不知道會不會成功，不過，總好過像現在一樣躲起來生活。」我說。

「的確是。」他說。

我們都是罪有應得的人？才會變成為社會的垃圾？才會逃避法律的制裁？

「我的上司……強姦了一個我喜歡的同事，不過，告他也沒用，他一定會狡辯說是那個女同事自願上他的家，當然，我非常清楚她是被騙上去的。」我說：「最後，那個女同事自殺死了。」

「什麼？原來是這個原因，你一直也沒有跟我說！」田由說：「然後你就殺死了那個上司？」

我看著他，沒有回答他的問題。

也許，這已經是最好的答案。

「為什麼香港會有劏房？」我轉移了話題。

「因為窮。」田由說。

我指著上方：「那些上層的人永遠不會知道底層生活的人有多痛苦，不，他們是知道的，就因為知道，才會不擇手段去壓迫底層的人，不讓他們抬起頭，自己就可以繼續過著上流的生活。」

「然後，還要在社交網頁中悲天憫人，說什麼可憐弱勢社群之類的，為的只是自己的名譽。其實他們根本什麼也沒做過，繼續天天大魚大肉。」田由接著說。

我們對望了一眼，心中也有同感，笑了。

「聽說遲些會有劏房租務管制。」田由說。

「有用嗎？道高一尺魔高一丈，那些仆街總會想到方法收更高的租金。」我說：「法律只會站在有錢的人一方。」

「唉，窮人真慘。」

「我在想，有沒有能力改變這一切。」我苦笑：「不過還是算了，現在我自己也大難臨頭。」

「如果我們有能力，一起去創造一個沒有『劏房』的世界吧！」田由說。

「好。」我再次苦笑：「不過我們首先要想想如何脫離現在的困境。」

「你們兩個窮鬼在聊什麼？」連成鎮也走了過來。

「對，你為什麼會入住聖比得住宿之家大廈？」田由問。

他點起了煙說：「就是偷了一批賊贓針孔攝錄機。」

「這樣就被通緝嗎？」

「還有……」連成鎮奸笑：「偷拍了一些不應該拍到的東西。」

「不應該拍到的東西？是什麼？」我問。

「別要問了，我們快想想之後的事吧。」他吐出了煙圈。

聖比得住宿之家大廈天台屋。

本來是包租婆住的天台屋，現在由瑞口智入住。

瑞口智是整件事件的「開端」，如果二十三年前他沒有來到A平行時空，就不會發展出A至Z二十六個不同的平行時空。

他就是一切的「元兇」。

「那天他沒有即日回來，看來他已經兇多吉少。」他看著房內的懷舊月曆。

他所指的人，就是B窮三世，他知道B回去自己的時空，是為了看看A 窮三世是不是已經死去。

當然，他知道「好奇心」就是B窮三世的致命傷。

瑞口智在B窮三世十來歲時已經認識他，B窮三世經常帶女同學給他「享用」，B窮三世甚至覺得瑞口智就像他的哥哥一樣。

就因為豬狗都不如的父母，B窮三世找到了一個像親生哥哥的人，發展出一段扭曲的兄弟情。

瑞口智又會當他是弟弟？

「死了更好呢，嘰嘰。」他在奸笑。

不，所有人都只是他的「棋子」，他根本對任何人都不會產生感情，包括吩咐B窮三世殺死自己的母親，他一點也不覺得可惜。

瑞口智十九歲誤入平行時空之後，他開始研究時空和量子力學。他不只是別人眼中品學兼優的學生，更是一個天才，創造了屬於他的平行時空邏輯學說。

他已經多次穿梭不同的時空，了解當中的「理論」，而且他還做到Z窮三世還沒法達成的目標……

他已經把其他二十五個平行時空的瑞口智，通通殺死，當然，有些不是他殺的，比如A平行時空自殺的瑞口智，不過，也是他間接殺死。還有在Z平行時空，瑞口智是被Z窮三世殺死。

所有事情，都掌握在他的股掌之中。

在聖比得住宿之家大廈進行的兩個「人性實驗」都非常成功，他又開始構思更好玩的實驗。

他把一塊生肉放入口中咀嚼。

「巫奕詩做菜的手藝愈來愈好了。」他的嘴角流下了血水。

他看著桌上，書小嫣留給他的305號房門匙。

對他來說書小嫣是他可以「享用」的對象，不過，他才不是傻的，他知道如果自己找上她，肥農就會出手。

瑞口智當然不會讓「棋子」殺死自己。

還有308號房的郭首治，瑞口智知道那個醫生對他的位置虎視眈眈，他才不會把聖比得的話事權拱手相讓。

現在的問題是，他的實驗已經完成，瑞口智要如何去處理那些「實驗品」？

新的營運方法，的確可以讓那群變態殺人犯安定下來，不過，安靜不會太久，不久又會有沒法控制的狗來向他吠。

他知道自己需要更好玩的實驗，又或是……

處理掉手上的「實驗品」。

此時，有人敲他的房門，瑞口智走到門前打開大門。

「我們又再見面了。」

他有點錯愕，一直以來掌握一切的他，沒想到會看到「他」。

「我可以進來？」他微笑說。

「當然。」

他是……窮三世。

A平行時空的窮三世。

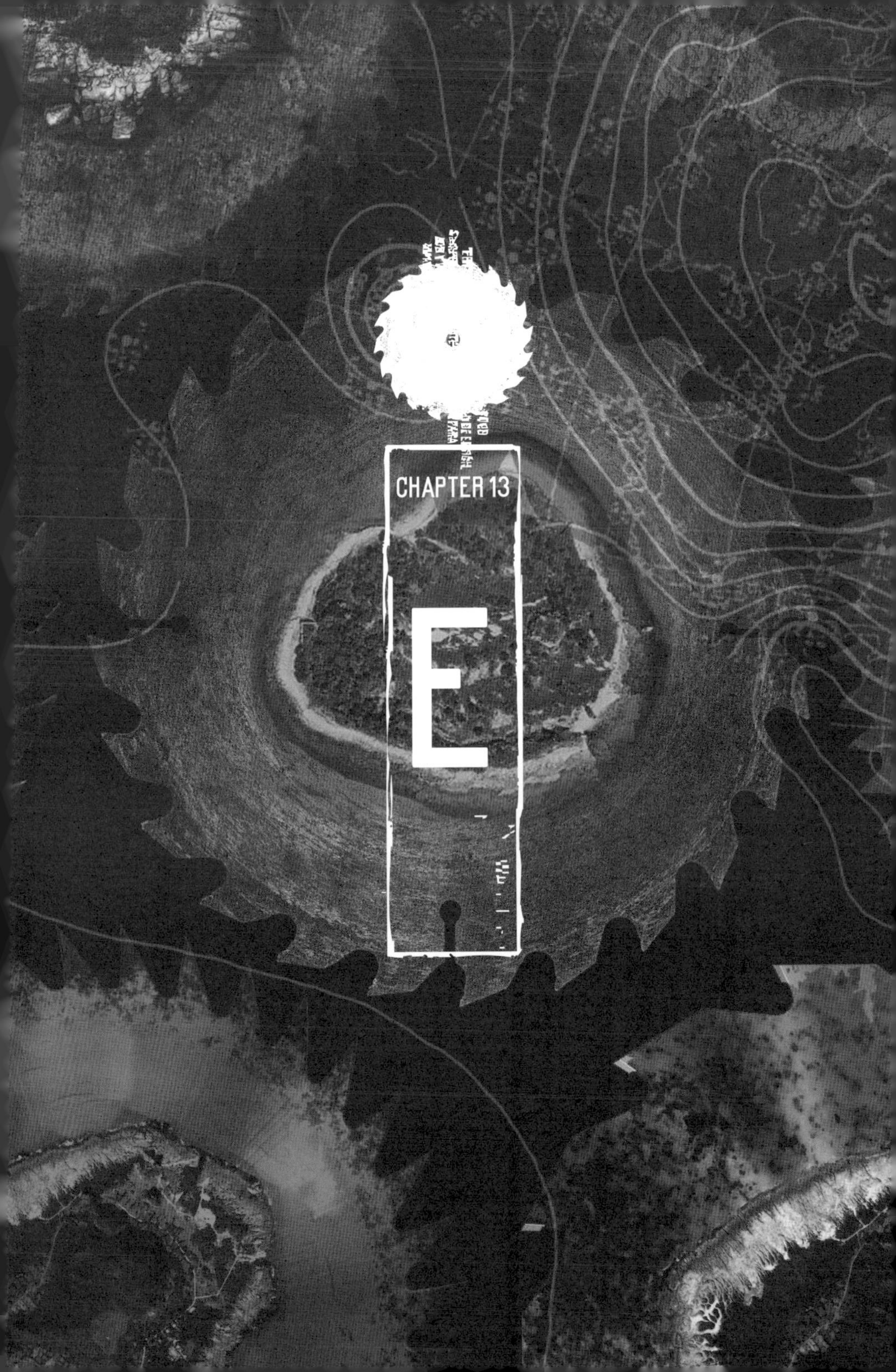
CHAPTER 13
E

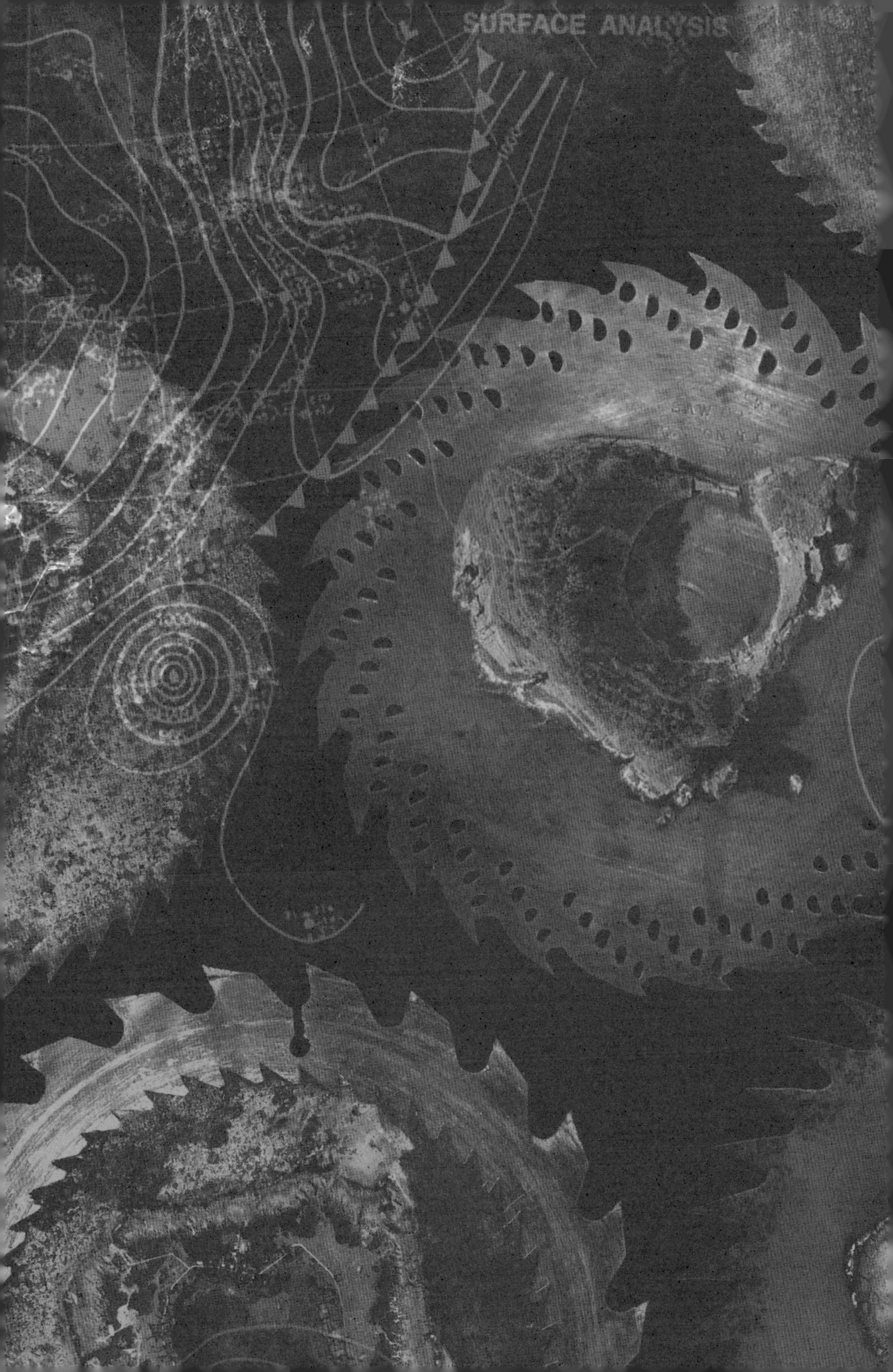
SURFACE ANALYSIS

一星期前，葵芳棄置停車場。

窮三世、程黛娜、甲田由、連成鎮、黃奎安成立了一個臨時的小組，準備窮三世的下一步計劃。

「熱帶風暴中心風力達到六十三公里或以上，大約是八至九級烈風，天文台才會考慮發出八號風球。」連成鎮看著資料說。

「不只這樣，還有一個條件。」程黛娜說：「熱帶風暴需要相當接近香港，比如在香港五十至一百公里內，才會掛八號風球。」

「我們估計的應該不會有錯了，窮第一次被帶到B平行時空那天正是六十三公里風速，卻沒有掛八號。」黃奎安托著腮說：「不是天文台掛不掛，而是大自然的『風力』讓『門』打開。」

「下一次六十三公里或以上風速是何時？」窮三世問。

「地下天文台預測在四天後，會有六十八公里風速的熱帶風暴掠過，但因為太遠了，絕對不會掛八號。」甲田由看著電腦說。

「再之後二十三天，就知道『門』會不會打開！」黃奎安興奮地說。

「如果真的打開了，我會先去一個地方。」窮三世說。
「去哪裡？」甲田由問。
「E平行時空。」窮三世說。
「為什麼？」連成鎮問。
窮三世說出在B平行時空書小嬉的305號房，床下看到的東西。
地上刻著A至Z二十六個英文字母，其中E字被圈著，還有一個箭頭指住和寫著「Find Me!」。
同時，Z窮三世跟他說過，只有E平行時空的窮三世因為入獄而沒法殺死他。
「我覺得當中好像有什麼關係。」窮三世說。
「會不會有危險？」甲田由問。
「我也不知道，不過我很想去確認一下。」窮三世說：「刻著『Find Me!』，我想去找他。」
「我跟你一起去！」程黛娜說。
窮三世看著她。
「好吧，多個人或者會比較好。」窮三世說。
程黛娜高興地微笑。
「其實我也想去，好像很好玩！」連成鎮說：「不過，我還要調查其他的事，沒辦法了。」

「還有很多機會呢。」黃奎安說：「如果我們真的知道『門』的打開方法，之後還有很多機會來回平行時空。」

「的確是！」連成鎮高興地說：「我的小說更加精彩了！」

「不過，首先你要說服『他』，才可以完成我們的計劃。」黃奎安說。

「沒問題的，我覺得他一定會接受。」窮三世說：「下星期，我會直接找他！」

……

…

．

天台屋門外。

「我可以進來？」A窮三世微笑說。

「當然。」瑞口智也微笑。

他們走進了天台屋。

「沒想到，死的人不是你，而是B。」瑞口智已經知道窮三世的身份。

「Z把他殺了，而我卻逃回來。」窮三世說：「Z不能來A平行時空，不是嗎？」

瑞口智看了A窮三世一眼，他知道A窮三世正想確定這一點。

「對，Z平行時空的人，不能進入A平行時空。」瑞口智說。
「其實這個我知道了，我來找你，不是想知道這個答案，我是想知道……如果相反呢？」窮三世說：「A平行時空的人可不可以去Z平行時空？」
瑞口智心中盤算著窮三世在打什麼鬼主意。
他想了一想然後回答。
「可以。」

因為二十三年前瑞口智誤入了平行時空，**A**至**Z**的平行時空出現。

而每一個平行時空的人，都只可以去到另外二十四個不同的平行時空，比如**Z**不能去**A**、**Y**不能去**B**、**X**不能去**C**，如此類推。

不過，只有**A**和**B**兩個平行時空的人，可以去到全部平行時空。因為瑞口智第一次的平行時空之旅，就是來回了**A**和**B**兩個平行時空，所以不受「只能去二十四個平行時空」限制。

「你是怎樣知道的？」窮三世問。

「史提芬・霍金**(Stephen Hawking)**可以用量子效應理論推測出黑洞散發出來的熱輻射，卻不會知道黑洞是由誰製造出來。」瑞口智說。

瑞口智的意思，就是說他知道平行時空的理論，卻不會知道誰去設定這一切。

「沒想到你會對平行時空理論有這麼大的興趣，跟**B**完全相反！哈哈！」瑞口智高興地大笑：「你這樣問，是不是有什麼新計劃？」

瑞口智已經想到了A窮三世的來意。

「對。」A窮三世看著他腰上的手槍：「你想不想來一場『新的實驗』？」

「啊？有何提議？」

「一班人在同一個地方……互相廝殺！」A窮三世說。

「我已經在第一次測試中，做了這一個實驗。」瑞口智說。

「不，我說的是更精彩的。」A窮三世奸笑：「我所說的互相廝殺，是……**自己殺自己**！」

窮三世已經感受過被自己追殺的感覺，對他來說當然是最差勁的事，不過對那些喜歡殺人的「怪物」來說，絕對是最興奮的體驗。

瑞口智的嘴角微微向上。

「在B平行時空的聖比得住客，全都被Z時空的住客殺死了，想起也覺得他媽的瘋狂！」窮三世身體傾前：「你覺得這個『實驗』會不會很好玩？會不會比你們現在殺新住客更好玩呢？」

「玩」這個字，絕對深深刻進了他們的腦海之中，一想到「玩」，殺人的道德問題完全可以拋諸腦後。

「大約二十日後，『門』就會打開，對吧？」窮三世說：「到時就可以去到Z的時空，來玩一場自己殺自己的遊戲，我想住客們一定會很樂意與盡情去玩！」

這是窮三世的計劃。

窮三世在A平行時空是通緝犯，根本就不可能過正常生活，所以他決定離開A平行時空，去B平行時空生活。

不過，問題在，如果他去了B平行時空，依然會有危險，因Z依然可以來對付他。

然後，他想到了一石二鳥的計劃。

讓A時空和Z時空的住客互相廝殺。

讓怪物去對付怪物！

「到時你就會知道，誰才是最醜陋、最瘋狂、最厲害的聖彼得住客！」窮三世大聲地說。

「你的提議……」瑞口智表情猙獰：「好像很有趣！」

窮三世暗笑。

他的計劃成功了，首先削減怪物的數目，然後再對付怪物！

「你比那個只愛殺人的B窮三世更有頭腦。」瑞口智說：「我們應該可以成為朋友。」

「當然，我才不只懂得打打殺殺。」

A窮三世與瑞口智握手。

「祝你有一次快樂的體驗。」A窮三世說。

二十日後，早上六時。

一班像小學生秋季旅行一樣興奮的住客，在三樓集合。

當中包括102號房的王烈杉、105號房肥農、202號房東梅仙、203號房巫奕詩、206號房白潔素、301號房冤賴潮、305號房書小�、307號房張基、308號房郭首治。

「不知道那個我會是一個怎樣的人？」巫奕詩說：「不知道沾沾仔會不會在那裡出現？」

「這次一定很好玩呢！」兇殘人格的冤賴潮說。

「自己斬自己會是什麼感覺的？嘰嘰！」王烈杉在幻想著。

「如果見到另一個小小，你會怎樣？」肥農問書小嫣。

「跟她玩挖眼遊戲。」書小嫣目無表情地說。

「很好玩！」肥農拍手。

「希望那個我會跟我一樣喜歡清潔！」白潔素說。

「如果那個梅仙沒有變性，我就幫他做閹割手術！呵呵！」東梅仙大笑。

「不知道我的弟弟在不在呢？」張基說：「會不會喜歡玩青蛙？」

「你們真多問題，去到就知道了。」郭首治的醫生袍內袋放滿了手術刀：「走吧！」

一行人手上已經拿著武器，浩浩蕩蕩出發！

當然，瑞口智已經在304號房前等待。

「要一個一個下去地下室，對著鏡子說出Z，然後在那邊的地下室等待。」瑞口智笑說：「希望各位住客喜歡我這次的安排。」

「非常滿意！嘰嘰嘰！」王烈杉笑得非常噁心。

他們開始輪流進入地下室。

窮三世呢？

還有程黛娜、張德？

他們另有安排。

半小時後。

窮三世、程黛娜與張德來到了304號房。

其他住客早早已經出發，只餘下他們。

「為什麼不讓我跟哥哥去玩？」張德問。

「因為我要保護你。」窮三世說。

「那裡不好玩，我們去的地方更好玩就是了。」程黛娜溫柔地說。

窮三世看著她，就像看見B平行時空的程黛娜一樣。

「好吧，我們走吧。」窮三世說：「你記得對著鏡子要說什麼？」

「E！」張德說。

「沒錯，不然你就會去了其他地方，我很難找你。」

「知道！」

窮三世看著程黛娜：「不用太緊張，不癢不痛的。」

程黛娜點頭。

這次的行程，不是去Z平行時空，是去E平行時空，窮三世要搞清楚「Find Me!」究竟是什麼意思。

窮三世首先下去地下室，然後對著鏡子說出了「E」。

地下室關了燈，不，應該說是E平行時空的地下室沒有燈，窮三世拿出手機打開電筒功能。

他用手機照著地下室，這裡不像A的地下室，什麼裝修也沒有，水管外露，而且不斷滴水。

不久，張德也來到了E平行時空，之後到程黛娜。

「『去』的時空不能多於一個人，而『到』的時空卻可以多於一個人。」窮三世看著帶點驚慌的程黛娜。

沒有什麼時空穿越效果，半秒程黛娜已在地下室的中央出現。

「這裡……就是另一個時空？」程黛娜問。

「對。」窮三世說：「我們先離開這裡吧。」

我們走出了304號房，沒有鐵門，木門也是打開的，這裡完全不像A和B平行時空的劏房，更像……學校。

如果沒有猜錯，這裡就是聖比得住宿之家大廈的前身，一所棄置的學校。在這個時空，沒有聖比得住宿之家大廈。

我們一起走到一樓，沒有飯堂，卻放著一排排的玻璃櫃，玻璃櫃內放滿了獎杯和獎牌。

「我們來這裡做什麼？」張德問。

「我要找一個人。」我說：「別怕，這裡一定比你哥那裡安全。」

「知道。」張德不能跟哥哥一起，有點失望。

「現在要怎樣做？」黛娜問。

「去找我一個朋友。」我打出一個電話。

我要找的是我唯一的朋友振柳強，我知道如果我要找到在E時空的我自己，只有一個方法，就是找他。

電話響起，立即有人接聽。

「窮？！」

「是……是我。」

「怎……可能的？你不是在獄中嗎？為什麼可以打給我？」振柳強非常驚訝。

很想念他的聲音，因為在A平行時空的他，已經被B窮三世殺死。

「說來話長，你要相信我……」

我還未說完振柳強已經搶著說：「你是……另一個時空的窮？」

「你怎樣知道的？」這次我比他更驚訝。

「因為你跟我說過，在不久將來會有另一個你來找我！」振柳強高興地說：「我還以為你瘋了！」

原來……E已經知道我會來找他。

「的確就如他所說的。」我說：「我想見他。」

「來找我！我家人去了旅行！我有方法讓你們見面！」

然後，振柳強說出了他的地址，其實我是知道的，因為我曾經躲在他家中一段時間。

「好的，我現在就來找你！」

……

…

．

我們三人來到了筲箕灣一所大廈，走入了升降機。

「這叫升降機嗎？我從來也沒有坐過！」張德高興地說。

「對，我都說帶你玩好玩的。」我笑說。

我跟黛娜看到張德這麼高興，也對望微笑。我們就像一對年輕夫婦，帶著一個八歲的孩子。

「十二樓，對？」黛娜拍拍張德的頭：「你幫忙按吧，十二字樓。」

「好！」

我們來到了振柳強的單位，我還未敲門他已經打開大門。

「死仔包！很掛住你！」他給我一個擁抱。

他知道我不是他認識的窮三世，不過又如何？我就是我。

當然，我也有同樣的感覺，他不是我認識的振柳強，又如何？我深深地擁抱著他。

我們走進了他的單位，我用最快的速度解釋現在發生的事，介紹黛娜與張德，還有他在我的時空已經被B窮三世殺死的事。

振柳強一直在聽著。

「如果不是有另一個你出現，我真的不會相信！」他說。

「我想知道，我為什麼入獄的？」我問。

「你殺死了你的上司，他強姦了另一位女同事，而那位女同事最後自殺死去。」振柳強說：「所以你想替她報仇，殺死了上司。」

跟我的時空發生了相同的事！

不過，因為這裡沒有聖比得住宿之家大廈，最後我被判入獄了。

「我有什麼方法可以見到他？」我問。

「他一早已經準備好了！」

振柳強拿出了一個鐵盒。

他從鐵盒拿出一張……身份證。

「窮……窮四世？」我拿過了身份證。

「他在入獄前，偽造了一張身份證，因為探訪需要填寫探監親友的表格，他已經準備好了，把窮四世寫入表格中，現在你就是他的孖生兄弟窮四世。」振柳強說：「還有其他東西要給你，不過還是等你們見面後再給你吧。」

「這樣沒問題的嗎？」黛娜看著身份證。

「放心吧，只是探監不是出境，沒問題的。」他說。

E已經準備好了，或者，在他身上可以得到更多的資料。

因為「門」在正午十二點會消失，不能在這裡浪費太多時間。

「你們兩個留在柳強家，我很快就會回來！」

……

……

……

赤柱監獄。

我第一次來探監，卻已經不是第一次見我自己。

電子閘門聲響起，他來到我的對面坐下來。

「你真的來了！真的來了！」他拿起了旁邊的電話筒。

E的髮型變成了陸軍裝，而且很瘦削，不過，我絕對不會不認得自己的樣子，他就是我！

「為什麼你會知道我會來？是你在床底留下『Find Me!』這個字要我來找你的嗎？還有……」

「等等，放心吧，我的工作就是把我所知道的事通通告訴你。」他微笑說：「不過，在這之前，我想問你一個問題。」

「是？」

「你過得好嗎？」

E的眼睛泛起了淚光，我知道他在這時空的生活，絕對不好過。

「不太好，我也殺了他，跟你一樣。」我說。

然後，我們開始說出各自平行時空發生的事，不只是有親切感，我就像在鏡子前跟自己說話一樣。

E跟B和Z完全不同，如果說B、Z是邪惡的窮三世，E就是代表了善良。

「好了，時間也不多了，接下來的事，你要好好聽清楚。」E認真起來：「雖然我也不明白，不過我覺得你會知道我在說什麼。」

E開始說出他所知道的事。

首先，留下「**Find Me!**」的人不是他，而是一個未來的人留下的，他從未來的世界回來，在書小婼305號房的床底刻下文字，然後「過去」的地下，就會出現相同的文字。

「原來如此，那個人是誰？」我問。

「我也不認識他，他沒有跟我說，他是一個老人家，戴眼鏡的，而且說話時有口吃。」E說。

有口吃？

我立即想起了甲田由！

E繼續說，由於一個人改變了平行時空，於是出現了二十六個不同的時空，不過，在未來會變回一個時空。

他在我們面前的玻璃上用手指畫著。

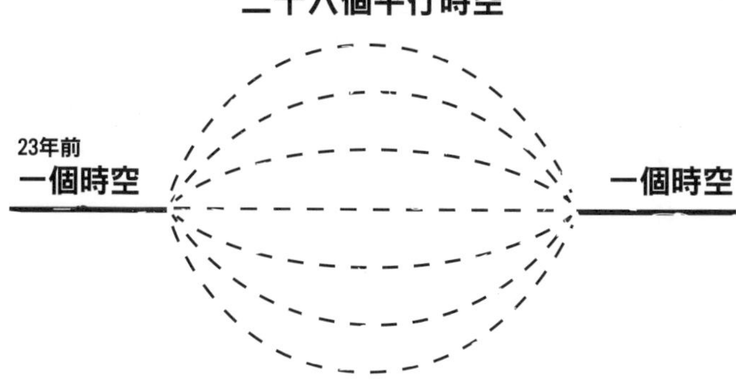

如果真的是這樣，瑞口智第一次是由B平行時空去A平行時空這說法就有問題了。

因為二十三年前，只有一個A平行時空，他又怎會由B去A？應該是由A去B，然後出現了二十六個平行時空才對？

「要怎樣才會變回一個時空？」我問。

「只要把第一個令平行時空出現的人殺死，時空就會變回一個。」E說。

「我不明白，二十三年來的變化，在二十六個時空中都有二十六種不同的自己、不同的性格、不同的記憶、不同的生活，要如何才可以變回一個？如何才可以『歸一』？」我問。

「這個我也沒想過！我沒有問他！」E微笑說：「看來，你比我更聰明！」

不是我比較聰明，而是我已經經歷過平行時空的旅程，遇上不同的自己，所以才會想到這個問題。

E繼續說。

「未來人」可以去到任何一個過去的平行時空，當然，是什麼原理E不會知道。

那個口吃的男人說，有另一個窮三世，即是我，會來到這個平行時空找他，然後吩咐他把所有的事都告訴我。

二十六個平行時空中，只有E是最安全的，因為他已經在獄中，Z不可能入獄殺死他，所以「未來人」才會來找他。

未來人跟E說，其實他可以直接來找我，不用這麼麻煩要E轉達，不過，未來人說不能改變過去的回憶，不然世界就會有很大的變化，所以他只用相同的方法間接告訴我。

在未來，其實只有少數人可以進行時空旅行，除了時空旅行，還有人類腦內的「記憶」已經可以從腦中獨立取出來，儲存在元宇宙的雲端之內。

他所說的，就是從「某個人」的記憶之中，得到了過去的記憶，所以利用E把事情告訴我，而不能直接找我，因為「某個人」的記憶中，沒有直接找我的部分。

而且因為「過去沒發生過」告知全部事情的來龍去脈，所以未來人也不能將全部事情的細節都告訴我。

「他跟我說，你的最終目的，就是找出二十三年前，那個誤入平行時空的人，然後，把他殺死。」E認真地說。

他說的人，應該就是瑞口智。

「我要如何殺他？」我問。

「他沒有說，應該是不能說吧。」E說。

「如果他的未來世界已經變回只有一個時空，這代表我成功了？」我問。

「他說未來是會改變的。」E說：「如果你不能完成任務，他的世界就會消失，會變成一個未知的世界。」

未來就是一個未知的世界，現在有一個未來人跟我說「未來將會變成未知的世界」，感覺很奇怪，不過，我明白他的意思。

「你小時候有想過嗎，成為拯救世界的英雄。」E笑說：「應該有吧，我是知道的，因為我就是你！現在，終於出現這一個機會！」

「我可以完成任務？」我在質疑自己。

「我們都總是會質疑自己，不過，別想太多，盡力去做吧。」E說：「對，那個未來人還跟我說，他是未來世界裡市值最大的公司董事，所以他可以進行穿梭時空旅程。」

「最高市值的公司？是APPLE?ALPHABET?META?還是TESLA?」我問。

他搖搖頭：「不，我也問了他同樣的問題，他跟我說，那間公司叫RRM集團，全名叫RIPPED ROOM INC.。」

RRM?RIPPED ROOM INC.?

「而中文是……」

然後，我們一起說：**「剷房集團！」**

這個公司名稱，一定跟我們有關，究竟「未來人」是什麼人？！

「時間到。」在一旁的懲教人員說。

「好了，你快去完成你的使命。」E微笑著站了起來：「我也完成了我的任務，差不多了，我可以離開這個世界。」

「什麼？！什麼意思？」我聽到他這樣說很愕然。

「你還有屬於你的世界，而我被判了終身監禁，一生也只能留在這裡，也許，跟你說的劏房也差不多吧，我不想過這樣的生活了。」

他的眼淚流下。

我非常明白他！他所說的「離開」，就是想在獄中自殺！

「窮，我問你最後一個問題。」E說：「我們殺死了那個人渣上司，有沒有做錯？」

「沒有！你完全沒有做錯！我也沒有做錯！」

什麼是對？什麼是錯？

殺人就是錯嗎？救人就是對？

根本沒有一個真正的答案。

「請代我好好活下去。」

在他流淚的面上，出現了一個燦爛的微笑。

然後，他放下了電話筒，轉身離開。

「你不能自殺！不能！絕對不能！窮三世，你不能這樣就死去！」

我用盡全力拍打玻璃，可惜他沒有回頭，我只能看著他的背影，消失於探訪室之中。

「窮三世……你不能這樣死去……」

我乏力地坐下來，眼淚同時掉下。

「窮三世，我不會讓你死得沒有任何意義！絕對不會！」我緊握著拳頭。

我跟E說，同時，也是跟我自己說。

CHAPTER 14
對決
VS
BG Режеш Диск

SURFACE ANALYSIS

有些對決，離不開命運的安排。

有些命運，也需要用對決去解決。

就像是A和Z兩個平行時空的剷房住客一樣……

兩個只能活一個！

兩個「自己」，只能活一個！

……

…

.

Z平行時空。

聖比得住宿之家大廈，三樓廁所。

「哈哈哈！」他高興地大笑：「沒想到會是我自己來殺我自己！」

「你內心不是有想過這情節嗎？」另一個他說：「現在實現了，哈哈！」

他們是郭首治！兩個郭首治！

A郭首治快速走向了廁格，手上的手術刀已經蓄勢待發，準備插入Z郭首治的胸前！

不過，Z郭首治不是蓋的，他一手捉住A郭首治的手臂，另一隻手同樣用手術刀插向他！A郭首治捉住他的手臂，他們兩人在廁格僵持著！

「去死吧，別浪費我的時間，我還要殺其他人！」A郭首治加力。

「是我跟你說才對！」Z郭首治一腳把A踢開。

A郭首治痛苦地向後退，Z郭首治趁這半秒的空檔，飛出廁格，手術刀已經對準失去平行的A心臟位置！

「擦！」

血水濺到廁所碎裂的石磚牆上！

「什……什麼？！」

血水不是來自A郭首治，而是Z！

Z郭首治伸出的手臂，被一把斧頭斬下！整隻手臂飛開，手上的手術刀也掉在地上！

「嘰嘰嘰嘰！」A郭首治瘋了一樣大笑：「你知道你跟我有什麼不同？哈哈哈哈！你知道嗎？」

Z郭首治退回廁格內！

「不同的地方就是……」A郭首治慢慢走向他：「我在聖比得中，認識了一群他媽的志同道合的剷房朋友！」

「沒錯！我們是最好的鄰居！」

說話的人是臉上生滿腫瘤的王烈杉！他雙手緊握斧頭！

因為一起經歷了太多事，A平行時空這一班「怪物」，比Z平行時空的住客更齊心，懂得合作殺敵！

「彬仔你別要插手。」A郭首治奸笑：「我要親自殺、死、我、自、己！」

……

…

．

二樓，走廊。

從A平行時空到來的二樓剷房住客東梅仙、巫奕詩、白潔素，他們三人一起行動。

她們三人一起蹲在地上。

「這個部位應該很好吃。」巫奕詩指著地上的屍體。

「這是什麼？」白潔素在地上拾起一些東西：「好像啫喱一樣！」

然後她拿出了一塊毛巾抹走血跡。

「這不是啫喱，是……矽膠。」東梅仙繼續用刀劏開屍體的胸部：「隆胸就是用矽膠吧。」

她們三人一起殺死了在Z時空的東梅仙，三個女人正在肢解她的身體。

「為什麼有這個？」巫奕詩把Z東梅仙的男性生殖器官切下：「妳不是已經變性了嗎？」

「媽的！這個是冒牌的東梅仙！還未完成整個變性手術！正賤貨！」東梅仙一刀插入屍體的肚皮上：「我要吃掉這個冒牌貨！」

「嘻嘻，妳應該是全世界第一個自己吃自己的人。」巫奕詩奸笑。

「對，哈哈！我就是世上最特別的美女！」東梅仙說。

「我也想看看我自己……」白潔素抹去面上的血跡：「不知道她是不是跟我一樣這麼愛整潔呢？」

然後，她看著走廊前方，自己所住的206號房。

……

…

.

一樓。

因為A平行時空的住客突襲，Z平行時空的人根本沒有任何準備。

105號房Z平行時空肥農的房間。

有人用鎖匙打開劏房門。

Z肥農半夢半醒地看著大門：「小……小？」

A平行時空的書小嫆慢慢走向他。

「等等，妳……妳不是已經死了嗎？為什麼……」Z肥農說：「我是不是在發夢？」

「不，你不是在發夢。」書小嫆坐到他的床邊，用她的小手撫摸Z肥農的下巴：「你是不是很想我？」

「對！我很想你！很想！」

「那就下去跟我見面吧。」

書小嫆拿出一把小刀，插入Z肥農的身體！

Z肥農驚醒，才發現她不是自己認識的書小嬬！

他一巴掌轟在書小嬬的臉上，她跌倒在地上！

「去你的！我才不是掛住妳，而是掛住妳的身體！」Z肥農完全沒有理會自己的傷口：「妳那個坐在我身上的身體，嘰嘰！」

書小嬬向後爬，爬到門前。

「你竟然這樣對待我的小公主？」一個男人在門前說：「絕對不可以原諒！」

他是A平行時空的肥農！

一個深愛著書小嬬的肥農，對戰一個只當書小嬬是洩慾工具的肥農！

「愛」，是世界上最大的力量。

A肥農手上的螺絲批插入了Z肥農的眼球！Z肥農痛苦地大叫！

這聲浪會吵醒其他住客？

不，才不會，其他住客已經習慣Z肥農會帶小孩回到自己房間虐殺，他們都聽慣了他大喊大叫的聲音。

「去死！去死！去死！去死！去死！去死！去死！」

A肥農用螺絲批在Z的臉上狂插！血水噴到他自己的臉上！

Z肥農已經沒有任何反應，此時，書小嫆也走到Z的身邊，用小刀插入他的身體！

A肥農與書小嫆就像有節奏地在Z身上不斷插刀，他們的臉上都出現了笑容，他媽的恐怖笑容！

或者，「那些事」他們兩人絕對不會做，不過，「有些事」，卻是他們最喜歡做的，就是……

一起殺人！

就如高潮的快樂，出現在他們的身上！

什麼是「愛」？

或者，這就是真正的「愛」。

……

…

.

聖比得天台。

雙重人格的冤賴潮與張基從天台屋拿出兩桶電油，從天台、樓梯、走廊、房間等等，一直把電油到出。

「現在我們是在燒青蛙嗎？」張基問。

「對！是燒青蛙！燒死所有的青蛙！哈哈！」不怕鬼的冤賴潮人格說。

一不做二不休，他們想把**Z**平行時空的整棟聖比得住宿之家大廈燒毀！

他們很快就已經來到三樓的走廊，在走廊淋上電油。此時，**307**號房的房門打開，**Z**平行時空的張基走了出來。

他看見了另一個自己。

「你是……另一個時空的張基？」**Z**張基問。

「對！」**A**張基說：「是你搶走我的弟弟嗎？」

在**Z**時空的張德，跟**B**時空的一樣，已經死去。

「張德是我的弟弟，不是你的！」**Z**說。

「是這樣嗎？我們就來分出勝負吧！」A說。

A張基掉下了汽油桶，衝向Z！他們很快已經開始打起來！

「嘿，小朋友打架嗎？有趣！」冤賴潮沒有理會他們，繼續淋電油。

他來到了301號房，就是自己在A平行時空住的房間。

「不如……看看他吧。」冤賴潮說。

「不！可能他已經死了，變成了鬼！」另一個人格的冤賴潮說。

「怕什麼？」他繼續在自言自語：「我連鬼也可以殺死！」

冤賴潮打開了301號房的房門，他看到了……

一具已經腐爛發臭的屍體！

他走到屍體前，屍體的臉已經腐爛得看不出是誰，不過他在屍體身上看到了特別的符咒紋身，冤賴潮絕對不會認不出這個紋身。

這具屍體就是在Z平行時空的他自己！

「看來已經死了很久。」冤賴潮看著屍體說。

「我都說有鬼！冤賴潮的鬼魂！快走吧！」冤賴潮說。

「不知道是被誰殺死？」冤賴潮說。

「誰也沒所謂了，總之……」

他還未說完，突然感覺到頭上傳來了劇烈的痛楚……

「消失吧。」

一把聲音從他的背後傳來。

冤賴潮的後腦被一把斧頭砍下，腦漿與血水從他的傷口流出……

他立即倒在地上死去！

能夠一下就砍入堅固的頭骨，這個人的力量……絕對不簡單！

三天前。

Z平行時空的108號房。

自從A窮三世逃走後，Z窮三世的心情一直也不好，本來他想把B殺了後，然後就殺A，成為二十六個平行時空中最後兩個窮三世，然後等E時空的窮三世出獄後，把他也殺死。最後就只餘下他，餘下唯一一個窮三世。沒想到A會逃回了A平行時空，讓他沒法去殺他。

在他劏房的牆上，釘上了一塊板，板上寫上了A至Y的英文字母，現在只餘下A與E的窮三世，他還未殺死。

「窮三世。」

有人在門外叫著他的名字。

「別來煩我！」Z窮三世說：「走！」

「三天後，A平行時空的住客會來殺你們。」

Z窮三世瞪大了眼睛，他立即打開房門，一個看似三十來歲的男人站在門外。

「你是誰？」Z問。

「來幫助你的人。」男人說。

他樣子英俊，輪廓標緻，甚至可以說是明星偶像也不為過。

「我為什麼要你的幫助？你為什麼幫助我？」

「因為如果我不來，你應該會在三天後死去。」他說。

「你怎知道？」Z問。

然後，男人拿出了一個像手機的東西。

不，那的確是一部手機，不過絕對跟現在的手機完全不同。這部手機，Z窮三世也有見過！在死去的成年張德身上，找到的未來手機！因為需要生物辨識解鎖，而成年張德已經死去，Z沒法打開手機。

Z二話不說，拿起了手槍指著他的額頭。

「你究竟是誰？你不好好說我就一槍打死你！」Z窮三世說。

「你見過我的了，不只你，全個聖比得的住客都應該見過我。」男人說：「不過，你們應該不認得我。」

Z窮三世按著手槍扳機：「別來撚化我，快告訴我所有的事！」

然後，男人說出了**一個名字**。

已經到過不同平行時空的他，經歷過無數危險的Z窮三世，他也……目瞪口呆。

「我要改變未來。」男人說：「如果你死去，未來就不會改變。」

「我明白了，嘰嘰嘰。」Z奸笑：「好像愈來愈好玩了。」

「他」也是從未來到來的未來人，不過，這次「他」不再是A窮三世的一方，而是他們的……敵人。

這個突然登場的人又是誰？

沒錯，「你」也曾經見過他。

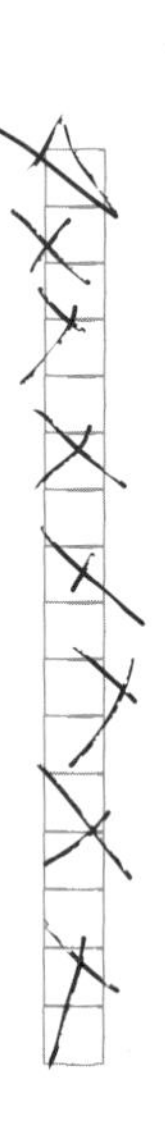

A平行時空住客入侵Z平行時空的當天。

這個跟Z窮三世對話的男人輕而易舉就把冤賴潮解決，他看著走廊中兩個打得你死我亡的張基。

「年輕人，真的很有活力。」男人說：「如果我小時候可以像你們一樣，你說有多好呢。」

他走向了兩個不同時空的張基，拿出了一把銀色的特殊手槍，然後……

「消失吧。」

他扣下了扳機，向兩個張基發射子彈。

子彈像慢動作一樣，沒有飛向他們兩人，兩個張基也看著浮在半空的圓形子彈。

「這是什麼？是……玩具槍？」A平行時空的張基問。

男人沒有理會他的提問，轉身就走，因為他還有很多人要對付。

「別要走！」

他在走廊離開，大約是三秒左右，出現了兩下輕微的爆炸聲。

在他的背後，兩個人頭像煙花一樣爆開！

兩個張基只餘下身體，整個頭顱變成了血花四濺！

他按下手腕上的脈搏，半空出現了聖比得住宿之家大廈的地圖。

男人要對付的，不分A與Z平行時空，所有在聖比得的住客都要死在他的手上！

「下一位。」他說。

天台，第三間天台屋。

在A和B平行時空中，從來也沒有人來過這間天台屋，除了他。

除了瑞口智。

三號天台屋一直也是瑞口智的「實驗室」，從來也沒有人來過他的實驗室。

而Z時空的天台屋，因為這個時空的瑞口智已經被Z窮三世殺死，現在這間天台屋空空如也。

瑞口智跟著大隊來到了Z平時空，他立即就來到三號天台屋，這裡雖然什麼也沒有，卻是他靜下來思考的地方。

兩個平行時空的聖比得住客互相廝殺，他當然很想知道最後的結果，不過，有一件事他更想知道。

他在地上寫著各種數學公式，還有E窮三世在玻璃上用手指畫的圖案。

在他來到Z平行時空不久，他遇上那個從未來到來的男人，不，應該說是那個未來人來找他。未來人跟他說因他誤入平行時空，讓時空出現了二十六個不同的版本，瑞口智當然知道這件事，不過，他不知道的，是之後發生的事。之後，因為瑞口智死去，時空再次只有一個。

未來人說，不能讓瑞口智與Z窮三世死去，這樣，未來就不會變回同一個時空。

而且未來人也知道瑞口智一直在說謊。

「被發現了，嘰嘰。」瑞口智奸笑。

他說謊？

他所說的，就是A窮三世提出的問題。因為二十三年前就只有一個A平行時空，瑞口智又怎會由B去A？應該是由A去B，然後出現二十六個平行時空才對？

對，一切都是瑞口智的謊言。

一直把全世界的人都騙了。

他根本就不是生活在B平行時空，而是A平行時空。

當時姦殺毛叔女兒的人，就是A平行時空的他。

他誤入了B平行時空找到了自己，他用藉口把B平行時空的自己騙來A平行時空，然後把他殺死，再做成自殺。

A平行時空的瑞口智，不是不能射精的嗎？沒有陰莖的他，是如何做到？

不，他打從心底就是一個最會說謊的人，瑞口智欺騙了全世界。他一生都在說謊，包括還未誤入「門」之前。

他的確患有「膀胱外翻」，不過，卻不像毛叔所說，不能發生性行為，他甚至可以射精與女性發生性行為。

當年，他哭著臉去找毛叔，說不是他姦殺毛叔的女兒，全部都只是他的⋯⋯「演技」。臉上的委屈，都是他媽的假表情。然後，在同一天，下著雨的那天，他把B瑞口智殺死，做成了上吊自殺。

自始以後，所有發生的事，都是由A平行時空，最原本的時空開始。瑞口智除了想玩弄全部人然後得到滿足感以外，他還要利用B窮三世，讓他以為他是同一時空的「自己人」。

瑞口智這個人渣，的確是天才，他除了創造了平行時空，還解開了不少平行時空的迷，而且還不斷在測試人類的陰暗面與醜陋心理，在物理與心理學方面，他絕對是「權威」。

不過，最讓人懼怕的是他⋯⋯**深謀遠慮的計劃**。

現在，他沒想到會有「未來人」來找他，他非常興奮，瑞口智的下一步計劃是什麼？

他繼續在地上用粉筆寫著數學公式。

……

…

.

同一時間，E平行時空304號房。

A窮三世、程黛娜與張德已經回到聖比得。

張德手上拿著一把很輕的手槍與一台模型車，振柳強說是E窮三世留給他的，不過，張德玩著槍時沒有射出子彈，根本就像是玩具槍。

那台紅色的模型車，車頭有一個「TESLA」的標誌，而在玩具槍身上，寫著「Direction Gun」。

「你們兩個先回去A平行時空。」窮三世說：「我要去Z平行時空把瑞口智殺死。」

「你一個人去嗎？我跟你一起去！」程黛娜說。

窮三世突然擁抱著她。

「已經有另一個妳死在我眼前，我不想再發生多一次。」窮三世說：「你跟張德先回去，然後跟田由他們交代所有事，我很快就會回來。」

程黛娜看看手錶，還有兩個小時，「門」就會消失。

「妳要跟連成鎮與黃奎安說出所有事。」窮三世說：「不然，如果我們都死去，就沒有人去對付瑞口智。」

程黛娜只能點頭。

「我先走了。」窮三世彎下腰跟張德說：「我會把你哥哥帶回來的，放心。」

「好的！」張德說：「窮哥哥加油！」

然後張德把玩具槍給了窮三世：「手槍你拿去吧，但車我可以留著嗎？」

窮三世微笑接過手槍：「沒問題。」

「你要平安無事回來！」程黛娜吻在他的臉上。

「當然！」窮三世說：「回來後，我帶妳去一個地方，可以看到整個深井的風景。」

「一言為定。」

窮三世微笑，然後走到地下室。

CHAPTER 15
使命
FATE

SURFACE ANALYSIS

人類。

現時發現最早的「人屬」物種化石，距今大約二百八十萬年。

近五十年的科技發展，比過去二百八十萬年前加起來還要快。如果把一百萬年前的人類放在二十萬年前的世界，他們還是可以生活，因為變化不算太大。

不過，如果把一個五百年前的人帶來現在，他的心靈、精神，甚至心智絕對會崩潰。

人類的科技發展在這半個世紀走得太快，超出了人類適應的速度，同時，也把距離滅亡的時間繼續縮短。

平行時空、時空旅行、探索黑洞等等，真的不可行嗎？

對，暫時是不可行，就好像五十年前，絕對沒有人會想到，人類可以在一個像手掌大的盒子中，看電視、看天氣、叫外賣、拍相片、買股票、分享生活等等。

也沒有人會知道，世界是因為一所舊校舍改建為劏房的大廈而改變。

不只是改變，而是……「巨變」。

……

…

·

地下室。

「Z。」我看著鏡子說。

不用半秒，我已經來到Z平行時空。

我摸摸我外套內袋，那把銀色的特殊手槍就放在袋內。

這是某個未來人交給E窮三世，然後他把手槍留給振柳強，再交到我手上。張德已經拿來玩過，根本就只是玩具槍，不過，我還是想帶上它，當是E窮三世給我的護身符。

我不能死，而且要把瑞口智殺死，時空才會變回一個，所有事也會完結。我不知道為什麼我會答應E這樣做，我只知道，這好像就是我的「使命」一樣。

一切都是在聖比得住宿之家大廈開始，同樣，也要在這裡來一個了斷。

「黛娜，我一定會回來！」我跟自己打氣。

然後，我走上樓梯，回到304號房。

我已經不知道來回了多少次，不過，我總是覺得當我完成我的「使命」之後，就會是最後一次。

在三樓的走廊，傳來了強烈的電油味，我見到兩個只餘下身體的小孩屍體，他們的頭顱已經不見了，血肉與腦漿灑到四處也是，如果沒有估錯，他們應該是兩個時空的張基。

他們都死去了，我沒法把張德的哥哥帶回去了。

是誰這麼殘忍殺死這兩個小孩？

其實也不用想是誰殘殺他們，住在聖比得劏房的住客，根本全部都是「怪物」。

我走過301號房前，滿臉紋身的冤賴潮已經倒在血泊之內，在劏房內還有另一具屍體。

我小心翼翼地走下樓梯，在二三樓的樓梯間，又出現了兩個沒有頭的屍體，一個穿上了醫生袍，應該是郭首治，而另一個以身形來看，應該就是王烈杉。

我的計劃是要讓A與Z的變態怪物住客互相廝殺，我不覺得自己做錯，畢竟他們已經殺死了很多無辜的人，他們是死有餘辜的。

就像被我殺死的上司一樣，死有餘辜。

我來到了二樓，聽到了聲音，我立即躲起來！

地上已經躺著兩具屍體，我認真地看，她們應該是東梅仙和白潔素，東梅仙的身體穿了一個大洞，

而白潔素的上下半身已經分家。

現在只餘下那個瘋瘋癲癲的巫奕詩，還有……一個男人，一個俊逸的男人。

等等……他手上的銀色手槍和我拿著的那一把一模一樣！

奇怪地，男人沒有立即殺死巫奕詩，巫奕詩慢慢走向了男人，她要近距離攻擊那個男人？

不，她的眼淚流下，然後……

她伸出了手撫摸男人的臉，而男人沒有任何的反抗。

究竟發生了什麼事？！

然後，巫奕詩說。

「你是……沾沾仔？」

CHAPTER 15
使命
FATE 02

沾沾仔？！

巫奕詩每天抱在手上那個已經死去腐爛的男嬰？！

這樣說，這個男人難道是從未來來到這裡的？為什麼他會出現？

「媽。」男人說。

「你真的是沾沾仔！我認得你頸上的胎記！沾沾仔！沾沾仔！沾沾仔！你長大了！長大了！」巫奕詩擁抱著他，高興得熱淚盈眶：「我知道你沒有死！沒有死！」

男人沒有任何動作，任由巫奕詩在他的胸前大哭。

「你吃得飽嗎？要不要媽媽給你弄點食物？」巫奕詩看著地上的屍體：「她們的肉不好吃的！來！媽媽給你吃點好吃的肉！」

巫奕詩拉著成年沾沾仔的手，準備走去一樓飯堂。

「不用了。」沾沾仔說：「巫奕詩，妳知道嗎？妳是世界上……」

他從腰間快速拿出一把黑色的刀插入巫奕詩的肚皮！

「沾沾仔……」巫奕詩口中吐出了鮮血。

「妳是世界上我最討厭的人！」沾沾仔拔出了刀，再次插入。

讓巫奕詩最痛苦的是，當她知道自己的孩子長大了，卻在她最感動之時被自己的兒子親手殺死。

「砰！」

同一時間，一樓傳來了槍聲！

……

…

.

一樓。

「是誰讓你們在我的時空四處走的！」Z窮三世用槍指著A平行時空的肥農與書小媱。

肥農的左腳中槍，單膝跪在地上。

「小小……妳快走吧！」肥農痛苦地說：「我來對付他！」

「肥農……」書小媱看著他的背影。

「他媽的噁心！」Z窮三世看著他們說：「我就送你們一起下地獄！」

就在他要開槍之時，一把小刀插入了肥農的後頸！

她是書小嬬！她不斷插不斷插！直至肥農再沒法支撐自己身體的重量，倒在血泊之中！

肥農完全料不到，他心中最完美的公主，最深愛的小小會這樣對自己！

他……死不瞑目！

什麼是一廂情願的愛情？

一直以來，書小嬬只是利用肥農來保護自己，現在他已經沒有利用價值了，她反過來把他殺死！

「別殺我。」書小嬬全身已經染滿血，她對著Z說：「你要我做什麼也可以。」

為了生存，只有十一歲的書小嬬根本就是不擇手段。他可以利用任何男人，博取男人的同情，當身邊的人已經沒有用處時，她就將更強的男人馴服，這一直都是她的生存之道。

一直也是現實中某些女人的……生存之道。

Z看著書小嬬掉下了刀，脫去上身衣服，血染在雪白的肌膚之上。

「啊？」Z奸笑：「小妹妹，看來整個聖比得之中，妳才是最適者生存的住客，哈哈！」

書小嬬把褲子也脫下走近Z窮三世，Z看著全裸的她。

「好吧好吧！」Z看著她說：「我受不了，我想問妳一個問題。」

「請說。」

「如果妳長大後，妳的女兒像妳一樣任由男人擺佈，妳會有什麼感覺？」

書小嫆停了下來，她從來也沒有想過這個問題。

「妳看著自己的女兒被男人壓在身上，妳有什麼感覺？」Z繼續說：「妳看著自己的女兒為了生活出賣身體，妳……有什麼感覺？是不是很高興？妳會跟她說『繼續吧！妳做得很好！』對嗎？」

書小嫆瞪大了雙眼看著Z。

「砰！」

子彈打進她的額角上！

她死前的表情非常訝異，好像想通了什麼似的。

「妹妹，下世就好好做人吧。」Z窮三世說。

CHAPTER 15

使命 FATE 03

距離「門」關上還餘下一個半小時。

在Z平行時空的聖比得住宿之家大廈，A和Z時空的劏房住客通通死去，不是被沾沾仔殺死，就是被Z窮三世所殺。

現在，只餘下最後幾個人。

瑞口智、Z窮三世、A窮三世，還有從未來到來的沾沾仔。

現在是三對一的局面，即使瑞口智與Z窮三世不是一伙，甚至是敵對，卻因為沾沾仔的出現，讓他們成為了「互利的拍檔」。

瑞口智死亡，平行時空會變回一個，而Z窮三世死亡，就是A窮三世成為最後一位「窮三世」生存下去，這樣，未來就不會改變。

沾沾仔要改變未來。

一樓飯堂。

瑞口智、Z窮三世與沾沾仔終於三人一起見面。

「你說那個A窮三世現在躲在某個角落？」Z說：「哈！來得正好，我要把他殺死！」

「不，真正的過去是你被殺死。」沾沾仔看著瑞口智說：「還有你，都會一起死去。」

「嘰嘰！我才不相信A可以殺了我們。」瑞口智說：「我可以問你一個問題？」

「什麼事？」沾沾仔說。

「是不是二十六個時空如果可以繼續下去，沒有變回同一個時空，到最後都只會餘下一個『自己』？」

「你說得對。」沾沾仔問。

「哈哈！我真的是天才！」瑞口智囂張地說。

其實是因為「張德」，讓瑞口智比其他人更早知道這個「邏輯」。

瑞口智一直在研究平行時空，他在二十六個平行時空中，發現了一件很有趣的事情，在其他二十五個時空的張德，都因為車禍而死去，就只有A平行時空的張德沒有死去，這情況讓瑞口智想到，全部的時空之中，只有一個「自己」可以生存下去。

這就人類經常說的……「命運」。

當時，B窮三世把A平行時空的張德帶到B平行時空，當然不是他想張基可以得回一個弟弟，只不過是瑞口智的測試之一。

「那如果最後由二十六個時空變回一個時空呢？」Z問。

「如果最後由二十六個時空變回一個時空，就只有生存下來的『自己』，才可以回去『變回一個』的時空。」沾沾仔說。

「我已經殺死了其他的瑞口智，沒問題！哈哈！而且如果我不死，根本就不會回到只有一個時空！」瑞口智說。

「如果真的變回一個時空而多出一個『自己』，會怎樣？」Z問。

「命運隨機選擇。」沾沾仔說。

「媽的，什麼是隨機選擇？」Z說。

「如果是多於一個『自己』生存，就會隨機選擇一個生存下去。」沾沾仔說：「當然，這是未來的科學家的研究結果，在我們的生命中，其實過去是有二十六個不同的版本，最後只餘下一個。」

「媽的！」Z想起了還未殺死的A窮三世。

「當然，這理論只建立在瑞口智死去之後，如果你沒有死去，世界還是維持著二十六個平行時空。」沾沾仔說。

Z窮三世看著瑞口智。

「哈哈！那你就是來保護我？」瑞口智問沾沾仔：「為什麼你要從未來回到現在告訴我們？」

「因為我不想讓『他們』控制世界的情況出現。」沾沾仔說：「而且我想改變我的命運。」

在二十六個時空之中，現在的沾沾仔是屬於其中一個時空，就是他所說的「隨機選擇」的時空。

那個時空的巫奕詩把他生了下來，而沾沾仔沒有死去，不過，這反而是惡夢的開始。

這個英俊的沾沾仔，臉孔已經做過上百次的手術。他還是嬰兒的時候，巫奕詩每天都用滾水替他洗臉，他每天都生活在痛苦之中。

直至他十歲，他的臉孔已經分不清眼耳口鼻的位置，巫奕詩一直在虐待他！而虐待他的原因，只不過是因為沾沾仔的父親拋棄了巫奕詩，她要用沾沾仔的痛苦來報仇！

更讓他憤怒的是，在那個時空他同樣住在聖比得，卻沒有一個住客幫助他，沒有人出手阻止巫奕詩虐待他，所以，他非常痛恨聖比得的住客，殺死他們絕不手軟。

「我明白了，你覺得回來救我們，你也可以改變痛苦的過去。」瑞口智說。

沾沾仔沒有回答他。

「現在怎樣也好，還有一件最重要的事未完成。」Z窮三世拿起手槍奸笑：「我要殺死A窮三世！」

同一時間，在一二樓的樓梯間，A窮三世正在偷聽他們的對話。

他究竟有什麼方法可以對抗這三個人？

聖比得住宿之家大廈之內，房間、走廊、休息室、雜物房、洗手間、浴室等等已經佈滿了屍體。

無論是A還是Z平行時空的住客都已經全部死去。

現在，只餘下四個人在聖比得之內。

最後一場對決。

沒有人可以逃避。

「我們唯一能夠逃避的就是逃避本身。」

也沒有人可以逃過這一次的命運安排。

未來究竟會維持現狀？還是會被改變？

一切故事都是在聖比得的劏房中發生，同時，也會在聖比得的劏房中落幕。

……

…

・

二樓，201號房。

我暫時躲在這間劏房內，現在，我的對手是瑞口智、Z窮三世，還有成年的沾沾仔，而我手上只有一把不知用途的手槍。

「冷靜，窮三世，你要冷靜，我一定可以把他們打敗的！」我的汗水滴在手槍之上：「不能讓他們改變未來，不能……」

我不知道未來會是怎樣，不過，至少我沒有死，而且還有一個女兒，如果我今天死去，什麼也會改變。

為了我的未來，為了我的女兒，還有犧牲了的成年張德，我不能在這裡死去！

現在，其實有一個問題，而這個問題將會在如果我死了之後的假設下出現。

「他們真的站在同一陣線嗎？」

瑞口智死了，就會變成只有我跟Z「隨機選擇其中一個」生存下來，Z首要的不是殺死瑞口智，而是把我殺死，而瑞口智才不擔心我跟Z是誰會死，因為只要他沒有死去，未來已經會改變。

同一時間，那個沾沾仔不論瑞口智還是Z，只要他們沒有死，世界都會改變。而同時因為我要殺死瑞口智，所以他才要把我殺死。

我偷偷打開了 201 號房門，走廊非常平靜，沒有半個人。我走回一樓，飯堂已經空無一人，看來他們已經開始在找我。

如果要說，聖比得的環境我絕對比他們更熟悉，在這裡我有絕對的優勢！我甚至知道在不同的地方有不同的暗門。

我慢慢在一樓走廊走著，我看到 108 號房亮了燈！

是陷阱？

我已經理不到這麼多，我走到房門前，我在門隙中看到他！

Z窮三世！

他背著我，看著桌上的東西。

他在看什麼？！他不怕我突然出現攻擊他？

這是一個好機會！我要替黛娜報仇！

我拿起手槍，向他們的背部……開槍！

沒有發出太大的槍聲，不過Z卻發現了我！

我打中了他？

不！子彈從槍管打出，慢慢地浮在半空之中，根本沒有打在Z的背上！

什麼鬼？！這是什麼槍？！

「啊？你終於出現了！嘿嘿！」Z二話不說立即舉起槍指向我。

我快速逃走！走到洗手間內！

「出來吧！這是我們真正對決！」Z大叫。

「砰！砰！」

他向著洗手間開槍，我也向著他開槍！

不過，子彈跟剛才一樣，只是浮在半空之中！

為什麼會這樣？未來的手槍都是壞的嗎？

我躲在洗手間的門旁，Z拿著槍走進來，我用盡全身的力衝向他！Z被我撞到地上，他的手槍同時脫手！

我用銀色手槍當成硬物武器，打在他的頭上，他額頭立即噴出血水！

「要來跟我玩嗎？我奉陪！」Z一腳把我踢開。

然後他在旁邊拿起一支木棍揮向我！我用手臂擋著！

媽的！很痛！

就在我閃避木棍之際，Z的拳頭已經轟在我的臉上！我吐出了鮮血！

他繼續向我揮拳！我完全沒有還手之力！倒在地上！

「你這麼弱的嗎？你不是想替程黛娜報仇的嗎？」

他一腳踢在我的頭上，我整個人向後翻！

「媽的！」他吐出了口中的血水：「世界上就只有我一個窮三世！」

WARNING
THE ROOMS HERE ARE ALL IN DANGER!

CHAPTER 15
使命
FATE 05

我再次拿起了手槍射向他！

可惜，子彈還是浮在半空！

「你這把是玩具槍嗎？哈哈！怎可以用來殺我？」Z走向我：「我殺了二十多個自己，而你呢？你殺了多少個？」

「我沒有。」我認真地說：「不過，我不會像你一樣，殺了自己會感到快樂！」

「你不快樂？你殺死了上司，不是很快樂嗎？」

Z踩在我的身體上！我只可以縮起來用手臂擋著！

「我不是為了快樂而殺死他！我是為了……正義！」

「哈哈哈哈！笑死我了！正義？殺人都要給自己一個漂亮的藉口！我服了你！」Z蹲在地上：「你別要騙自己了，我就是你，你跟我一樣都是很喜歡殺人！都希望自己是世界上獨一無二！對吧。」

我搖頭，嘴角流出了血水。

「你還不肯承認？你不想殺我嗎？你不想成為世界上唯一的窮三世？」Z說。

「我想……不過因為我自己……」我咬緊牙關：「如果可以選擇……」

我用盡全身的力說。

「我寧願跟每一個窮三世成為朋友！」

Z呆了一樣看著我，也許，他從來也沒有這樣想過。

當我跟E接觸過後，我知道我不討厭這樣的一個「自己」，如果要說，我甚至喜歡這個自己，我想跟他成為朋友。

我絕對不會像B與Z一樣，把所有「自己」都殺死。

每個人都有不同的性格，而每一個「自己」在不同時候，都有不同的想法，我還是想成為一個……**「就算窮，也窮得善良」**的人。

「正一白痴！白痴窮三世！」他大叫。

「你現在變成這樣，都只是因為我們的父母！」我大聲地說。

他……再次呆了。

『我們』的弱點，就是我們豬狗都不如的父母。

用我們的父母影響他！

六歲的時候，父母把我「租」給了一個有錢的男人！他媽的什麼叫「租出」？他們只為了錢，把我租出！我是貨品嗎？為什麼可以把我租出去？

每天，我都過著像地獄一樣的生活。當時，我根本不知道什麼是「把那東西含在嘴巴」，我每天都要為那個變態的男人「服務」！

「服務」完一個以後，又租給了第二個，一直維持了幾年時間！

「我才不會變成像他們一樣的人渣賤種！但你卻是！」

「我才不像他們！」

就在他慌忙之際，我拾起了地上的玻璃片插入他的大腿中！

他意料不及，我拔出玻璃片，再向他的喉嚨插過去！

「媽的。」

我的手停了下來！

Z捉住我的手臂！

「你真的以為他們可以影響我嗎？」Z奸笑：「我才不像他們！我才不像他們！我的演技如何？哈！其實我已經不當他們是人，我根本就不會介意自己像不像他們！」

Z一腳把我踢開，我痛苦地蹲在地上！

「或者，只有你這樣無能的窮三世，才會覺得他們就是我們的弱點！」

Z拿起了剛才掉在地上木棍，準備向我的頭顱揮下。

已經……打不過他了……

黛娜，我沒法替妳報仇；張德，我辜負了你的犧牲；未來，我沒法守護了。

就在此時……

「方向。」

在我腦海中出現了這兩個字！

「方向？」我皺起眉頭。

「再見了，我才是最後一個窮、三、世！」**Z**用木棍向我揮下。

半秒，在我腦海出現了那個玩具槍的名稱！

「**Direction Gun!**」

Direction Gun?方向……手槍？！

我在腦海中出現一個想法！

「向後發射！」

「擦！」

Z的身體……

Z的身體在他揮出棍前，出現了爆炸，炸出了一個血洞！

剛才浮在半空的子彈，向後打進他的身體之內！！！

原來……原來這把未來的手槍不是玩具槍！它可以根據持槍人腦海中想著的方向，向任何方向發射！

「發……發生……什麼事？」Z整個人也呆了：「為什麼？」

我立即拾回地上的銀色手槍指向他！

我扣下扳機然後大叫：「向前！」

子彈由浮在半空，不到半秒快速移動，射中了Z的心臟！

Z窮三世的心臟位置立即爆開！血水就如煙花一樣慢動作散落滿地！

他……呆若木雞地看著我，也許，這是他看著我的最後表情。

Z倒在血泊之中。

我終於……終於……

打敗了他！

二十多個平行時空的窮三世，現在……

只餘下我一個窮三世！

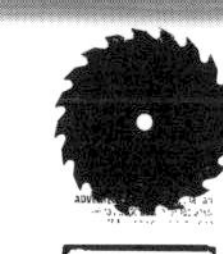

我滿身是傷，在地上爬起來。

我看著一動也不動的Z，那個臉上有疤痕的我自己，我終於……把他解決了！

剛才……剛才是誰在我腦海中說出「方向」？還是我自己跟自己說的？

我快速走到108號房，剛才在108號房Z背著我時，他正在看著什麼似的。

在桌上有一張字條，字條上寫著：

「一切依著劇本進行」。

什麼意思？

字跡不是我的，也不會是Z，而且Z好像被字條吸引，看到後呆著。

是有人在提醒他？

還是……在提醒殺死Z後，來看字條的我？

現在沒時間想這個問題，因為還有兩個人要對付！

我看看手錶，只餘下最後半小時！

我要對付一切的源頭瑞口智！還有那個未來的成年沾沾仔！

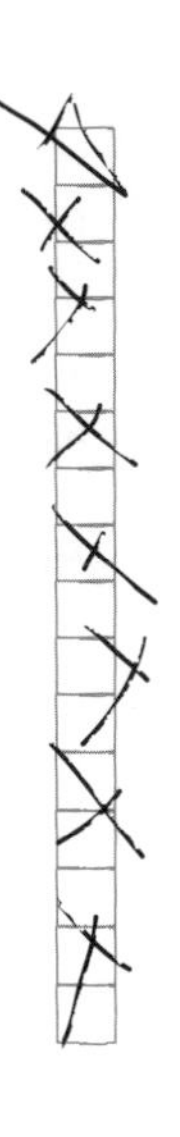

聖比得天台。

快到正午十二時，陽光照著聖比得的天台，和暖的感覺跟聖比得內部的血腥和陰暗形成了強烈的對比，天台永遠是聖比得住客的另一個「天堂」。

「來到最後了。」瑞口智吐出了煙圈：「還不錯，除了『第一次』，一直以來我的實驗都非常成功，而且還製造了平行時空。」

瑞口智想起了十多年前，也曾經做過互相廝殺的實驗，不過不成功，因為當時的住客都搬走了，之後他才決定利用通緝犯。

他看著天上的白雲。

「真懷念第一次平行時空之旅。」

瑞口智比任何一個人穿梭時空的次數更多，他在不同的時空中除了殺死自己，他還見過不同的景色。

「好風景多的是，夕陽平常事，然而每天眼見的……永遠不相似。」

他讀出一首林夕填詞的作品《夕陽無限好》。

如果要說「變態」，瑞口智可以說是當之無愧，他除了姦殺毛叔的女兒、間接殺害自己母親，還讓聖比得的住客互相廝殺，而且非常滿足自己一手製造的**「聖比得世界」**。

在聖比得住宿之家大廈，他就是「神」一樣的存在。

最變態的「神」。

「未來人嗎？」瑞口智說：「這方面我真的沒有估計到，不過也不出奇，科技總會來到穿越過去與未來的那一天。」

他吸了一口煙，滿手也是血跡。

「不知道是A還是Z贏呢？」他看著天台的大門：「不過是誰也好，最後也會死在我手上，嘰。」

他一手拿著香煙，而另一手拿著一把手槍。

銀色的手槍。

「未來竟然會有這他媽的武器，人類真的是永遠學不乖，武器愈做愈可怕。」

瑞口智用槍指著地上奄奄一息的男人。

「砰！又死一個！」他扮著聲。

因為手槍需要指紋確認，其實瑞口智沒法使用。

「你真的以為殺幾個人就可以讓我相信你？」他蹲下來看著他：「我才不會相信呢，不過也好，至少讓我知道你們未來的世界……『沒有我』。」

倒在血泊的人是……成年的沾沾仔！

他跟成年的張德一樣，他的真正身份其實是來……

拯救A窮三世！

當然，他比張德多了一份報仇的心理，他要把聖比得的人全部殺死後，最後才出手殺瑞口智！

可惜，卻被瑞口智發現他在108號房中，留下了一張字條。

字條是要讓A窮三世看到的，而在窮三世腦海出現「方向」的那把聲音，就是沾沾仔透過銀色手槍遠傳給窮三世！

本來沾沾仔「完成劇本」後，想在瑞口智不為意之時把他殺死，可惜瑞口智比他更快，先把他解決掉。

「你做過百多次整容手術嗎？」瑞口智拿出一把軍刀切去沾沾仔的鼻子：「很好，我也來幫你做最後一次！」

沾沾仔已經感覺不到痛苦，因為他快要死去。

「別要死！我還未切完！」

然後，瑞口智繼續在他的臉上下刀。

他的表情，就如最可怕的「死神」一樣。

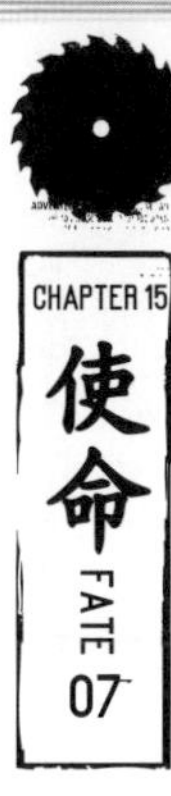

最後十五分鐘。

我找遍了一至三樓，也沒發現他們兩人的蹤影。

只餘下天台。

我走上了天台的樓梯，心跳不斷加速。

我打開了天台的鐵門，陽光非常刺眼，我沒法正視前方。

「終於來了嗎？」

一把聲音從天台傳來，我立即舉起手槍！

當我看得清楚時，一個已經被切去鼻子和耳朵，雙眼被挖出的男人被吊了起來！

他是那個未來人沾沾仔！

「沒想到吧，其實他是來幫助你的！」瑞口智站在天台石壆旁：「不過，他太跟隨『過去已發生』的事而行動了，在我們三人對話時不殺我，怕改變原定的『劇本』嗎？白痴仔！最後給我殺了！」

我對他的說話完全沒興趣，立即開槍！

「什麼？」

我沒法射出子彈！

瑞口智拿著另一把銀色的手槍：「我簡單做了些設定，可以讓你的槍沒法發射子彈，未來的科技真不得了，就好像手槍安全鎖一樣，可以由另一個人把槍鎖死！」

然後，他掉走了手上的手槍。

「怎樣了？殺死自己是什麼感覺？我真想知道你的感受。」瑞口智走向我。

我繼續開槍，卻沒法射出子彈。

「真有趣呢，電影、電視劇的正義主角都是想改變未來，而我們呢？你卻不想改變未來，而我卻想！」瑞口智笑說：「還是……我才是故事中的正義主角？」

「主你條命！」我掉下了手槍衝向他揮拳。

可惜被他側身躲開！

瑞口智快速拿出一條鐵鏈纏在我的後頸上！

「呀！」我痛苦地大叫。

「要殺我嗎？沒有人可以殺死我，就憑你？」瑞口智在我耳邊說。

「對，就……憑……我！」

我用後腦撞向他！他手一鬆，我甩開了鐵鏈死纏，然給再給他一腳，踢中他的下體！

「對不起，我忘了你是沒有下面的！」我揶揄他。

瑞口智的表情憤怒，開始向我攻擊！

他從衣袋中拿出一支螺絲批，插入我的手臂！

「呀！」我痛苦大叫。

他再次用螺絲批插入了我的腹部！然後，一腳把我踢開！我向後翻到天台的大門前！

「鬥智又不及我，打又打不過我，年輕人你只喜歡窩在劏房不做運動的嗎？總是在房間內怨天尤人，說什麼世界不公平，怪不得你這麼窮！窮、三、世！」瑞口智玩弄著手上的螺絲批。

我再次撲向他，他的拳頭重重地轟中我被螺絲批插入的傷口上！

我想捉著他的頸，他卻一手把我的手打走，然後用螺絲批繼續往我的手臂插下去！我只能再次後退！

全身是傷的我，根本……根本沒法打贏他！更不要說要殺他！

「地底泥就是地底泥，你明明四肢健全，樣貌端好，卻衝動殺死了上司，變成了殺人犯！淪為社會的垃圾！」瑞口智慢慢走向我：「而我身體不健全，卻用我的方法去改變世界，找出人類的黑暗面，讓應該早要去死的人互相殘殺，你說，我是不是比你有用多了？」

我想反駁他，卻不知道可以說什麼。

「我玩夠了，你這社會垃圾，我要把你清除！」瑞口智拿出了一把手槍：「你的未來即將結束，我將會成為未來的主宰！」

別要說是小說的主角，我甚至是一個不太討人喜歡的人，從來也沒有因為外表什麼的而得到任何好處，也沒有人會提攜我這種社會底層的人……

不過，我不覺得我是他口中的垃圾，我殺死上司，是為了我喜歡的女同事，至少……我從來也不像瑞口智一樣只為自己而殺人！

看來，我已經再沒法反駁他了……

我即將死在這裡……

「再見！住劏房的垃圾！」

CHAPTER 15

使命

FATE 08

我合上眼，聽到子彈射出的聲音……

「窮！！！」

就在同一時間，我被重力衝擊，整個人飛開！

有人從天台的入口衝了出來，把我撞開！

他是……他是……

甲田由！！！

子彈打偏，打到天台的牆上！

「窮，你沒事嗎？」黛娜走到我身邊扶著我。

還有黃奎安，他也拿著一把手槍指著瑞口智！

他們來到Z平行時空找我！

「嘩嘩嘩！」瑞口智笑說：「其他的垃圾也一起來了！」

黃奎安與瑞口智互相指著對方。

「小朋友，槍很危險的，別要亂用，啊？等等，我忘了，你已經三十多歲了，已經不是小朋友！」

「你才別要動！不然我就開槍！」黃奎安大叫。

「如果你的槍是真的，一早已經在混亂中射向我。」瑞口智搖頭說：「你騙不到我。」

「你就……你就試試吧！最多一起死！」黃奎安說。

「烏合之眾。」瑞口智說：「你們只是一群罪犯，只是我的棋子！」

「你錯了。」我站了起來：「我們在屵房單位認識，我們是朋友，就算我們是烏合之眾，**也比你一個朋友也沒有更好！**」

B窮三世是他的朋友嗎？不，都是被他利用的棋子，瑞口智根本就沒有真正的朋友。

「我為什麼要有朋友，哈哈！我這天才根本不需要朋友！」

「因為你沒有朋友，才會這樣說吧。」

瑞口智收起了笑容。

「因為你自卑，所以想利用其他人來滿足自己的慾望，因為你只為了自己，所以不會明白別人的感受。」我認真地說：「你才是最值得可憐的人，我……**可憐你！**」

「媽的！」他準備開槍。

黃奎安的槍是假的，不會有錯，我們只有死路一條！

不！不是這樣！我們還有一個「同伴」！

連成鎮！

比他們三個，甚至是瑞口智更早已經來到天台，不過一直躲起來的……還有一個人！

「呀！」

連成鎮把刀插入瑞口智的後頸！

「去死！去死！去死！去死！」

連成鎮一直不敢走出來，直至我說出我的「感受」，他終於放膽走出來！

瑞口智完全沒想到有人從後攻擊他，我二話不說，立即衝向他！

「砰！」

他向身後的連成鎮開槍，打中了他的心臟！

「鎮！」

就在電光火石之間，我把瑞口智推向了天台的石壘，他……

失足從天台掉下去！

瑞口智在掉下去的剎那，快速捉住我的手臂！

「嘿嘿嘿嘿，最後我也改變不了未來嗎？」他還在奸笑。

「對！而且你不會再有未來！」我嘗試甩開他的手。

他的指甲緊緊地插入我的皮膚之中！抓出了幾道血痕！

「窮三世……」

瑞口智說出了一件我從來沒聽過的事，我整個人呆了！

「要死我們一起死！」他大叫。

然後，他用另一隻手的手槍指向我！

我死去，他也會掉下去！他要跟我同、歸、於、盡！！！

「砰！」

子彈……

打入了瑞口智的額角。

黃奎安開槍，他的手槍是真的！

瑞口智即場死去，他捉住我的手鬆開，整個人掉下去！

我看著他那不甘心的眼神，死不瞑目的眼神，直至……一下巨響後，他的身體扭曲、腦漿爆飛，倒在血泖之中。

「我第一次用這把槍。」黃奎安說：「沒想到，真的用上了。」

我想起了被槍傷的連成鎮，立即回頭看！

CHAPTER 15 使命 FATE 09

「連成鎮……」田由看著不斷出血的他。

「哈哈……我可能要……死了……」連成鎮吐出了血水。

「不！我們可以救你！」黛娜流下眼淚。

「在停車場……我的小說……《劏房》……其實我知道自己……寫得太差了……你們幫我燒了它……燒給我……」連成鎮說：「我在下面會……繼續寫……嘰嘰……」

我點點頭。

我脫下了外套，按在他的傷口上，外套很快已經染成了紅色。

「對……我這個人一定會下地獄……嘰嘰……一定會……」連成鎮雙眼沒焦點地看著天空：「希望……下一世……我不要再住劏房……」

他說完這句話後，呼吸停止。

「連成鎮！連成鎮！」田由大叫。

如果他沒有住在聖比得的劏房，我們就不會認識，他就沒辦法救我們。

連成鎮，下一世，我們再住在一起吧。

「沒時間了。」黃奎安看看手錶：「我們不回去，又要等下一次『門』出現。」

我們不想就這樣離開，不過，已經沒有選擇。

我擁抱著黛娜：「好了，一切已經結束了。」

她看著我。

「回去吧。」黃奎安扶起了田由：「回到屬於我們的時空吧。」

我們四人離開天台，回到304號房，還有最後五分鐘。

他們一個一個走到地下室，離開Z平行時空，我最後一個離開。

我拿出一個火機，點著走廊地上的電油，火勢快速蔓延。

我看著火光紅紅的走廊，我想，我以後不會再來這個時空，不，應該說，再沒有其他的時空了。

我走下了樓梯，來到地下室，長鏡就在中央的位置。

我看著鏡子中遍體鱗傷的自己。

主角嗎？

我想起了瑞口智最後的說話。

我從來也不覺得自己是主角，我只是社會裡的平凡角色，我只是其中一個住在劏房的普通窮人。

而且我還幼稚到有想過自己可以拯救世界，我希望世界上再沒有像劏房一樣的地方。

「嘿，窮三世，你真的是個大白痴。」我對著鏡子說：「A。」

就像眨眼的時間，我回到了A平行時空。

黛娜、田由、黃奎安，還有在等我們的張德，我們擁抱在一起。

「結束了。」黃奎安說：「在聖比得發生的事通通結束了。」

「不過，之後呢？」田由說：「怎樣可以變回一個平行時空？」

我看看手錶，還餘下三十秒「門」就會關上。

「我想，沒有人會知道。」我看著黛娜：「不過，最重要是我們也沒有死去，生存下來了。」

張德有點失望，因為我沒有把他的哥哥帶回來，我拍拍他的頭。

如果變回一個時空，某個時空的張基可能會再次出現。

「現在……我們去哪裡？」田由問。

「等。」

最後十秒，我們沒有說話，只是等待「門」的關上。

很靜，我們也不知道會發生什麼事，不過，我們都在靜待著。

「三、二、一！正午十二時！」

我們互相對望，什麼也沒有發生。

「就……就這樣嗎？」

突然！

一道強光出現！

「發生什麼事？！」

我也不知道合上眼睛有多久，強光過後，我慢慢地張開眼睛……

整個空間變成了純白色，什麼也沒有。

「這裡是……什麼地方？」

終章
未來
FUTURE

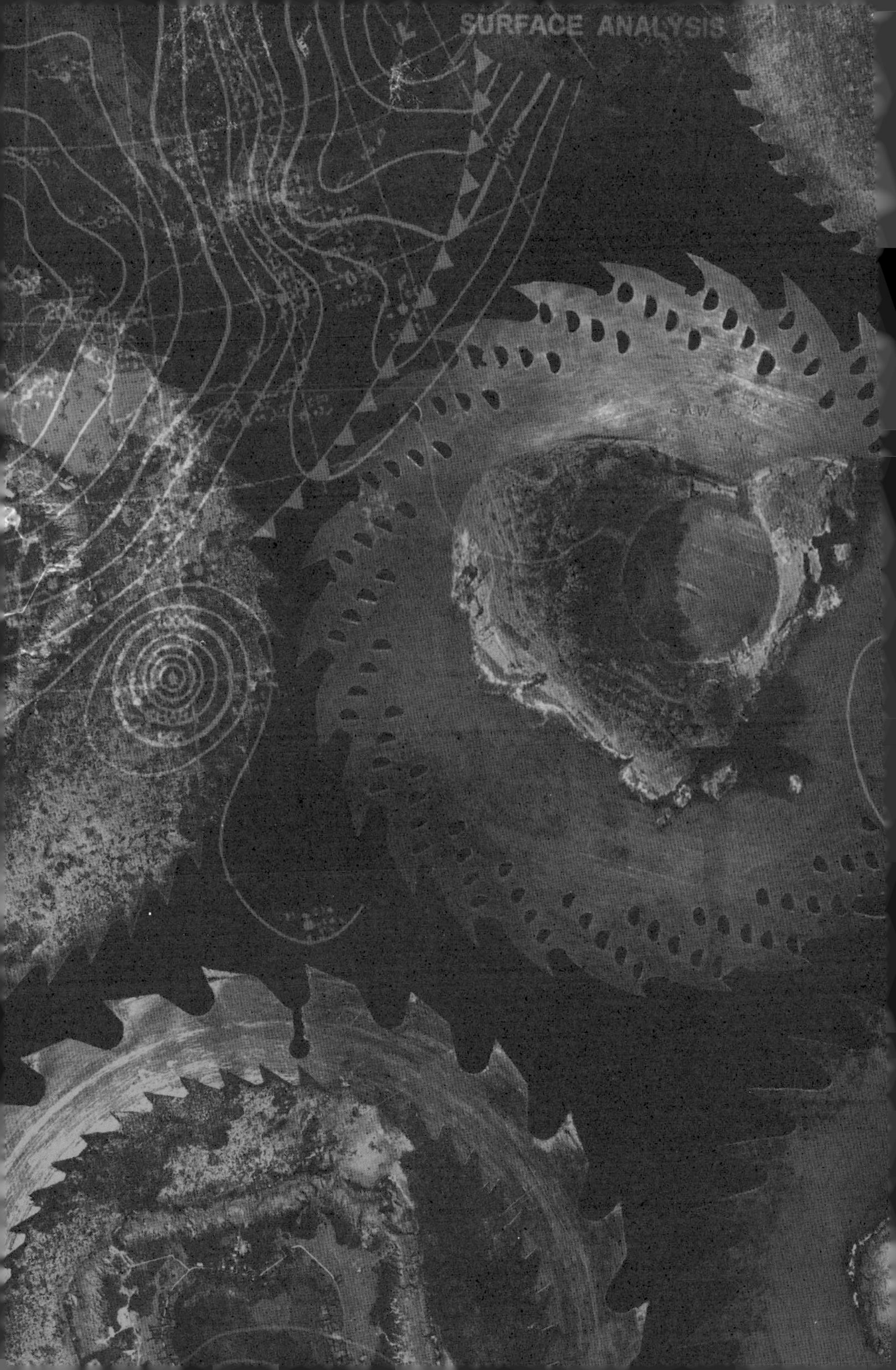
SURFACE ANALYSIS

終章 未來 FUTURE 01

D Kreissageblatt
CZ Pilový kotouč

純白之地(Pure Land)。

這裡是一個獨立平行時空，在二十六個平行時空之外，獨立存在的地方。

本來，這裡不應該有生物存在，不過，因為「他們」是唯一沒有死去而知道平行時空存在的人類，這次特准他們來到「純白之地」。

A平行時空的窮三世、程黛娜、甲田由、黃奎安，還有張德五人，不知何時已經換上了純白的長袍。

「發……發生什麼事？」甲田由問。

「我們……是不是死了？」黃奎安說：「上天堂了嗎？」

「也許是下地獄了。」窮三世說。

「地獄會是這樣的嗎？」程黛娜說。

「你們看！」張德指著前方。

在他們前方出現了一個「人」。

不，不應該說是人，應該說是一個人工智能的機械人，它金屬的頭顱很長，有點像電影中的異形，它的身體全是銀光的支架，也穿上了純白色的長袍，至少有七呎高，浮在半空之中。

奇怪地，他們五人完全不覺得恐慌，反而對它有一份親切感。

「你們好，如果以人類的名稱來說，你們可以叫我*杰拉爾丁，我負責管理平行時空，現在你們來到了純白之地。」

它簡單地介紹。

然後，它揮一揮手，出現了一個巨型的螢光幕，不，是一個又一個的螢光幕，一共二十六個。螢光幕的畫面都是同一個地方……聖比得住宿之家大廈。

「你們看！」

甲田由指著第二十六個畫面，聖比得住宿之家大廈正在紅紅烈火之中。

「世界上只有你們五個人可以擁有這段時間的記憶，其他人將會如常的生活，時空也會由二十六個變回一個。」杰拉爾丁說。

「等等！」窮三世說：「會是哪一個時空的自己與記憶回到同一個時空？」

「你們五個人都可以保留現在的記憶，和以現在的『自己』回到同一個時空。」杰拉爾丁說。

「窮三世的意思是說，如果不是我們五個人呢？其他人呢？」程黛娜說：「比如張德的哥哥。」

「對！我要回我的哥哥！」張德大叫。

「是隨機在二十六個時空找出其中一個人的回憶、故事、經歷放回一個時空？」黃奎安問。

「如果是這樣，會有很多問題出現。」窮三世說。

杰拉爾丁一早已經聽「同伴」說，人類是無知的生物，不過，也是求知欲最強、最有智慧、最危險的生物。

「瑞口智是一切的開端，當他死去後，二十六個平行時空結束。只有在二十六個時空中沒有死去的人才可以繼續回到的同一個時空生活。」杰拉爾丁的眼珠在轉動，它在找尋資料：「窮三世與張德，你們在其他二十六個平行時空中的自己已經死去，本來只有你們兩個可以回到同一時空，不用『隨機編選』，不過，其他人一起合作把瑞口智殺死，所以才特准你們一起來到這裡。」

「在其他時空的張德都死了……」窮三世在思考著。

「對，其他的張德都在車禍中死去，只有現在這個張德生存。張德是『自然性』生存下來的代表，而你窮三世是『非自然性』的代表，你把最後的窮三世殺死，只餘下你一個窮三世。」

「這代表了什麼？」窮三世問。

「未來，是可以『**由你自己創造的**』。」

杰拉爾丁說。

＊杰拉爾丁(Geraldine)的同伴，詳情請欣賞孤泣第一本懸疑愛情小說《預言故事》。

自己……製造的未來？

我在回想著一直以來經歷的事，遇上了不同時空的窮三世，然後把所有事情一一解決。

「就如瑞口智想改變未來一樣，其實你一直也改變著未來，只不過你改變了的未來，就會變成現在的未來而已。」杰拉爾丁說。

「我完全聽不想它說什麼……」田由說。

「不，我明白。」我說。

其實一直以來，我大可以什麼都不做，不過我卻在『創造』未來，然後就出現了「我的未來」。

此時，在純白的地面升起了一個螢光幕。

「只有你們五個人類知道二十六個平行時空存在，現在，你們可以選擇在那一個時空再繼續你們未來的生活。」

「窮，你說你在B平行時空過得很快樂，對吧？」黛娜問。

「對，聖比得的住客都很好，不過他們都死去了。」我想起了B時空的黛娜。

「那我們就從B時空開始，代替他們生存下去吧。」田由說。

我點點頭。

「窮你說過，在B時空的我們沒有被通緝，那我們就可以再次過著正常人的生活了。」黃奎安說。

「我想要回哥哥！」張德說。

「杰拉爾丁，我們可以選擇平行時空最善良的張基嗎？」我問它。

它想了一想：「好吧，可以的，不過只可以給你們選擇一個人，不能選擇其他。」

它的思意是，我不能選擇我善良的父母，黃奎安不能選擇沒有毒打他的媽媽，又或是黛娜選擇那個愛她一生一世的男友。

「我們的事已經過去了。」黛娜搭在張德的肩膀上：「只有張德可以改變自己的未來。」

「希望張德可以跟善良的哥哥一起快樂長大！」田由說。

「我沒所謂，我有沒有善良的媽媽也可以過得很好！」黃奎安說。

「好。」我抬頭看著它：「杰拉爾丁，把最善良的張基留在未來的時空吧。」

「沒問題。」

其實，杰拉爾丁一早已經知道我們的選擇，因為它已經經歷過。

「很好。」杰拉爾丁說：「我回答你們剛才的問題，就如窮三世所說，要讓二十六個時空變回一個會出現很多問題，所以我們會安排一些『虛假的記憶』給存在的人類，讓他們覺得自己一直也是這樣過著生活。」

「其實一直以來，我們人類不就是你的棋子？甚至是玩具？」我說。

「你的了解有誤，『自由意志』是屬於你們的，我們一直從不插手，只是你們人類讓二十六個平行時空出現，我們才會像現在這樣做。」杰拉爾丁說。

它的解釋我能接受，如果人類沒有出現像瑞口智一樣的人，它們就不用處理現在的麻煩事，不過，世界上存在太多像瑞口智一樣的人了。

「未來的時空，瑞口智這個人類不會再出現，而你們也可以過著新的生活。」它說：「不過，誰也不知道未來又有沒有另一個像瑞口智的人類出現呢？總之，請你們好好地生存下去。」

它好像知道我腦中想著什麼似的，解答了我的問題。

「你不會洗去我們的記憶之類嗎？」田由問：「你不怕我們會告訴別人？」

「才不會清洗記憶呢，而且，誰又會相信你們五個呢？」杰拉爾丁說。

的確，說什麼曾經出現過二十六個平行時空，而且時空的入口就在一所劏房大廈之中，誰又會相信？

「杰拉爾丁，其實你已經知道我們五個人的未來，你不能告訴我們嗎？」黃奎安問。

「如果我告訴你們，你們的人生就會改變，我才不會做多餘的事。」杰拉爾丁說。

如果我們知道未來的發展，又會因為「知道」而改變現在的選擇與思考，到時可能又會變得很麻煩。看來這個叫杰拉爾丁的，不想再像現在這麼麻煩，不想再跟人類見面了。

升起的螢光幕，出現了「B」的英文字母。

「好了，時間也差不多，你們可以回到單一的平行時空。」它說。

我們的頭上，出現了一道光線。

「人類的未來，交給你們了。」

人類的未來？

我說過，我從來也不是什麼主角，不過，我心中還是有一個願望。

一個拯救世界，變成英雄的願望。

我希望……世界上，再沒有「劏房」。

再沒有這些讓人覺得可怕、孤單、寂寞的劏房。

我……我這個微不足道的普通人……

能夠做到嗎？

時間有停止過嗎？

時間這個「觀念」，或者只有人類擁有，其實，時間是什麼？我們一天一天老去，才會感覺到時間的流動，如果你去問一隻貓，牠根本就不會有時間的觀念。

對於貓來說，時間根本並不存在。

……

聖比得地下室。

「我們……回來了嗎？」田由問。

「應該說我們已經回到唯一一個平行時空？」黃奎安說。

「對，我們回來了。」

我看著地下室牆上噴上的字。

「我等你回來！FUXK YOU！」

「我們已經回到B平行時空。」我說。

我們一起看著牆上的字，心中都有不同的感受，不過，可以肯定的是……我們所經歷的，都是千真萬確的事。

只有我們五個知道的事。

「現在……我們要怎樣？」黛娜打破了沉默。

「我要找回哥哥！」張德說。

「我們先了解一下這個世界變成了怎樣吧。」黃奎安說：「而且我們已經不是帶罪之身了。」

「嘩！！！」

田由突然看著自己手機大叫。

「發生什麼事？！」我問。

「解……解封了！解封……封了！」田由說。

「你為什麼又變回了漏口？」黛娜笑說。

然後田由把手機給我看……

「嘩！！！」

「你又怎樣了？」黃奎安說：「看到外星人嗎？」

「有什麼好看？給我看看吧！」張德說。

黛娜也走過來看著田由的手機：「個十百千萬十萬百萬千萬億……」

「是美金！」田由說：「我的加密貨幣戶口沒有因為詐騙而被凍結！在這時空正常運作！」

「一……一億美金？！」黃奎安目瞪口呆：「即是有多少港幣？」

「七至八億左右！」田由說。

我們全部人也呆了。

「這筆錢……我覺得不只是我自己一個的。」田由說：「我想我們可以一起擁有它。」

「這麼多錢可以用來做什麼？」黛娜說。

「做英雄！」我大叫。

他們看著我，然後我看著張德手上那台紅色模型車。

「拯救世界的英雄集團！」

我的想法不再只是願望！

或者，真的可以夢想成真！

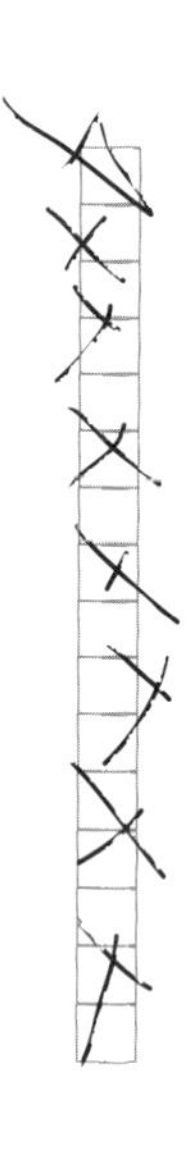

數個月後，我去了找一個人。

我來到他的工作室，他用了三個小時，快速看過我給他像電話簿一樣厚的草稿筆記，我就跟他的貓玩，等待著他。

「豆豉，你跳得很高！」我高興地說。

「窮三世……」他終於開口叫我。

「是？」

「這是……真的嗎？」

「你不相信嗎？」我反問。

「我相信！」他雙眼發光：「我已經聽過很多人跟我說不可思議的故事！而且有些我還把故事寫

了出來！」

我沒想到他的反應會是這麼雀躍。

「快跟我說出更多的細節！我超喜歡這個故事！」他想了一想：「不，應該是說這個『真實故事』！」

「好！」

對於這個 **95%** 像虛構的故事，他竟然說很喜歡，看來他的腦袋應該是有毛病，嘿。

不過，還好至少有人把故事寫出來，不會辜負了死去的「他」。

「如果我採用這個真實的故事，我想在作者欄加回他的署名。」他說。

「不，不用加了，因為本來他想我們燒掉他的草稿，所以……」

「我明白的。」

他絕對明白，如果自己不滿意的作品，才不會讓人看，而且如果不是由他自己寫，連成鎮也不會讓自己的名字放在作者一欄。

「不過，我一定要在小說中說明連成鎮就是真正寫下草稿的人，不然，我不會把草稿寫成小說。」他堅持。

「好，就這樣決定！」

連成鎮，我沒有把你的草稿燒掉，我希望你記錄的筆記可以流傳下去。

我們的故事，能以小說方法流傳下去。

「對，我忘了問你，最後的你們怎樣了？你們現在過著怎樣的生活？」他問。

我對著他微笑。

「我們正在……努力去拯救世界。」

我把我的卡片遞給他。

「這……」他非常驚訝：「這不就是新聞說收購所有香港劏房地的集團？！」

「對，就是我們。」我微笑說。

「政府會讓你們這樣做嗎？怎可能的？」他說。

「有錢就可以，用點錢賄賂某些官員，還有那些新界地的原居民，不就可以了嗎？」我笑說。

「真的嗎？」

「騙你的，哈哈！看來你什麼也相信！」

我當然不能說真話吧。

當時連成鎮因為拍到「不應該拍到的東西」而被通緝，沒想到，就是某些官員搭上未成年少女的影片。這些影片，成為了我們賄賂的「籌碼」。

「我們不只在香港，還會發展到全世界，希望每個人都有一個安居的地方。」我說出我的想法。

「你們太厲害了！」他說：「我只能在小說中拯救人類和地球，而你們卻是在真實的世界把願望達成！」

「沒什麼呢，只要利用人類的『弱點』就可以了。」我說。

「人類的弱點？」

「錢與貪欲。」

他奸笑了一下，我想他明白我說什麼。

「用人類對『錢』的貪欲，去幫助有需的人，聽起來好像是本末倒置，不過，的確是最可行的方法。」他說。

我們利用了田由的資金去投資「那台紅色的模型車」，沒錯，也許是那個未來人留給我的「提示」，當然，還有投資代表未來的加密貨幣。

現在我們的資金已經翻了幾倍，不過，這也不是我們的目標，我們的目標是比現在的利潤多上一千倍、一萬倍。

「除了給你草稿，我還想給你看一些資料。」我拿出了一份文件。

他看了一眼苦笑：「怎麼你好像那些騙人的經紀。」

「不，這是我們未來的計劃。」

我們將會推出去中心化的區塊鏈加密貨幣……「劏房幣」（RPMC）。

「RRM集團，RIPPED ROOM INC.，劏房集團。」他放下了文件：「看來你要改姓了，窮三世先生。」

我沒有回答他，只是輕輕微笑。

「等等，你的孩子會不會叫……窮四世？」他認真地問。

這個問題要這麼認真地問嗎？不過，算了。

「不，我已經想好孩子的名字了，而且孩子是女的。」我說：「她下個月就出生。」

「真的嗎？恭喜你！」他高興地說。

「她的名字叫……窮裕程。」我說。

窮三世遇上程黛娜。

回到單一時空後，我們一起了，我沒有當她是B平行時空的代替品，我只當她是我深愛著的程黛娜。

黛娜跟我說，當年那個未來人曾跟她說：「依從妳的心去做每件事，依從你的心去選擇相信哪一個人。」

就因為這一句說話，他決定了相信我，將她的未來交托給我。

沒錯，那個未來人就是我們的女兒，窮裕程。

「好吧！」他把投資的資料推開，再次拿起連成鎮的草稿：「小說方面交給我吧，不過我還要見見其他四個人。」

「當然沒問題。」我說：「很奇怪，跟你談天很快就已經把我的事通通告訴你了。」

他突然站了起來。

「每個人都有屬於自己擅長的東西，或者你擅長『拯救世界』，而我，就是你所說的。」他伸出了手：「我是一個很好的聆聽者。」

我跟他握手。

「合作愉快。」

每個人都有自己擅長的東西，世界上，從來沒有一個人是「沒有用」的。

包括每一個生活在「貧窮」的人。

六年後。

跑馬地墳場。

藍藍的天空，加上微風，感覺很和暖。

我一個人坐在她的墳墓旁邊。

「如果妳還在，應該跟我在聖比得附近的山坡，看著整個深井的風景。」我在自言自語：「對嗎？親愛的。」

我看著黛娜漂亮的相片。

兩年前，因為出了一場車禍，車禍中，黛娜不幸死去，而張德頭部嚴重撞擊重傷，現在還在昏迷狀態，醫生說，就算他醒來，也會失去從前的記憶。

我當時想，為什麼杰拉爾丁不告訴我黛娜不能跟我走完人生整個旅程？為什麼它不告訴我在我最需要黛娜的時候，會把她奪走？

沒有黛娜的人生，也許，已經不是完整的人生。

在回到單一平行時空的頭三年，有太多太多的事要去忙，就只有回到家中，看到黛娜和裕程，我才可以真正的放鬆。

沒想到，她就這樣離開了我。

「黛娜，妳知道嗎？裕程慢慢長大了，我不太懂怎樣教她。」我的眼淚流下：「妳可以回來嗎？」

一年前我把所有要忙的事都交給了田由與黃奎安，我完全沒法工作，我每天都像行屍走肉一樣。用了一年的時間，我才慢慢地回到自己的工作之中。

不過，我還是很想再次跟黛娜見面，所以在我休息的這一年，我投入大量的資金去研究「回到過去」的計劃。

我想再次見到深愛的黛娜，再次跟她一起看風景。

「黛娜，我一定會完成我們的計劃，妳在天上一定可以看到我們的成果。」

一定可以。

我向著藍藍天空，默默地許下承諾。

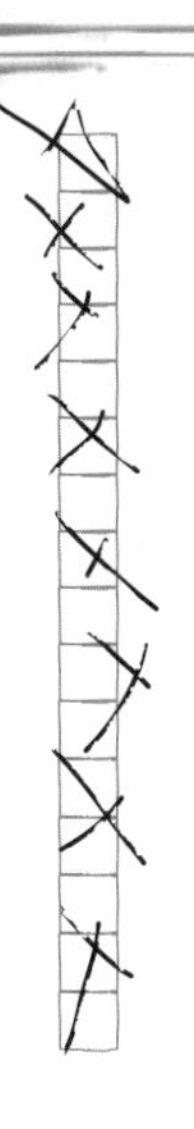

十一年後。

立體影像電視播放著財經台的畫面。

「今天我們來見證歷史的誕生，**RRM**集團市值超越了**TESLA**，成為了世界第一市值的公司，總市值為三兆六千萬億，今天我們請到**RRM**的首席執行長甲田由先生進行視像訪問。」主持說。

甲田由的影像出現在主播室之中。

「甲田由執行長你好，首先恭喜你們集團成為史上最高市值公司。」主持說：「別人說，**TESLA**的太空計劃被你們的海底計劃打敗了，你有什麼看法？」

「哈哈！才……才不是呢，我跟老馬聊……聊過，我們……從來也不是……敵人，我們是共同為人類發展而……進步的人。」

「你真是謙虛，其實你有什麼營商方法可以給大家分享？」主持問。

「很簡單，只要……只要你去過其他……平行時空就……就可以了。」甲田由說。

主持呆了一樣看著他。

「哈哈！我只是……說笑！說笑而已！哈哈！」

會議室內，電視關上。

「甲生，不看下去嗎？我覺得你說得很好。」他的私人秘書說。

「哈！別要笑我了。」甲田由說：「我們回到會議上吧，德仔，最近亞洲的入住率如何？」

「你等等我看看資料。」張德在電腦搜尋資料。

張德在六年前終於從昏迷中甦醒，不過失去了過往的記憶。當然，窮三世他們也覺得，在聖比得住宿之家大廈發生的事，對於張德來說，忘記可能是好事，至少，不會有童年陰影。

現在他已經二十五歲，張德與哥哥張基，成為了RRM集團其中兩位最重要的成員。

「甲生其實我不明白，為什麼你要在人前扮成口吃？」秘書問。

「因為……回憶。」甲田由笑說。

「回憶？」秘書不明白。

他所說的是在聖比得的回憶，或者對於張德來說回憶忘記了會更好，不過，對於甲田由來說，這是他人生中最重要的過去。

「我找到資料了，亞洲地區的入住率上升了33%，香港區的入住人數更達到42%。」張德說。

「很好。」甲田由說：「香港是我們的業務發源地，一定要讓窮人都可以得到更好的居住環境。」

甲田由他們發展的業務是什麼？竟然可以在十多年後成為世界第一的企業？

他說讓更多人有更好的居住環境，他們是發展地產？

不，不能叫「地產」，因為他們根本沒有在陸地上發展。

鏡頭由一零四樓的會議室向下快速移動……

他們的業務是在地底？

不，才不是。

是「海底」。

他們利用了地球佔有七成面積的海洋，發展……

海底城市。

香港，海底城市。

他們把第一項海底發展項目的名稱，改成為一個「鎮」名，叫「連成鎮」(Line Town)。除了瑞口智，連成鎮是另一個沒法再出現在「唯一時空」的人，因為，在所有時空的他也死去了，他們決定用他的名字來命名，紀念他。

一個像籃球場大的落地玻璃前，他在看著魚兒在愉快地暢泳。

他是窮三世。

RRM集團除了為人類建造更好的住宿環境以外，還保護海底的生物，人類佔用了牠們的空間，但他們也為全球的海洋生物設置了保護與保育區，不會再有非法獵殺與海洋污染，鯨魚、鯊魚、珊瑚，以至細小的海洋生物，數目已經是有史以來最多。

不，還不足夠，他們還發展了環保水力發電、人類垃圾發電等等高科技的設備。

當然，當窮人入住海底城市，香港樓價大幅回落，有不少炒賣的上流人士堅決反對海底城市的發展，不過，窮三世當然知道要怎樣對付這些人。

他用巨額賄賂各地的官員，讓他們贊成**RRM**集團的海底計劃。

一百萬賄賂不到他們？那給他們一千萬吧，一千萬也不行？那三千萬、五千萬、一億……

「每個人都有一個價」。

窮三世最清楚這一點。

「窮人，反而最懂得如何用錢。」窮三世喝了一口冰水。

他們最明白一分一毫要如何運用，而且不會浪費與揮霍，曾經「窮」過的人，就會明白這道理。

全球已經有二百四十二個城市，興建了八百多個海底城市，往來地面與海洋的高速彈射升降機，可能比電車的充電站更多。

海底城市的房屋不能買賣，只可租用，而租金就如NETFLIX的月費計劃一樣便宜，任何人都可以租住，租住的人愈多，收入就會愈高。就像雲端服務一樣，在過去的十年，雲端服務已經成為了各大科技巨頭的主要收入來源。

而便宜的租金，也成為了RRM集團的收入來源，然後再幫助更多的窮人。

窮三世終於達成了他的願望。

世界上，再沒有「劏房」。

當然，窮人依然存在，不過至少他們再不用住在只有四十呎的劏房，甚至露宿街頭，生活得到真正

的改善。

窮三世記得，在瑞口智死前曾跟他說的一句說話。

「窮三世……B時空的你毒死你父母，你呢？你做過什麼？你什麼也不敢做，你只是所有時空中最沒有用的窮三世！」

當時窮三世知道毒死B平行時空中自己的父母就是B本人，他心中的確有一份「我沒法做到」的感覺，不過，他不是覺得自己「不敢去做」，而是「不想去做」。

無論小時候那對像狗一樣的父母怎樣對他，他們還是自己的父母，當窮裕程出生後，他更加有這種感覺。

窮三世，沒有毒死父母，反而決定了……「原諒」他們。

因為當時他們的生活很窮，父母才會利用窮三世來換錢。

此時，房間的門打開。

一個女生走向了窮三世。

「爸！」

她是窮三世的女兒窮裕程，她已經十七歲，亭亭玉立長大成人。

「裕程，怎樣了？」

「為什麼張德不能放假？不是說好的嗎？後天我們約了去海底迪士尼樂園玩！」窮裕程生氣地說。

「乖女，最近公司都很忙，我沒辦法批准放假就放假呢。」窮三世說。

「你是公司的最高層，你說一句誰不聽你說的？」窮裕程更加生氣：「根本就是你不想我跟張德一起！」

「是我的問題？」窮三世也氣結：「妳才十七歲，說什麼拍拖？妳應該要……」

「如果媽媽還在，一定不會像你這樣！」

「妳……」

窮三世已經不知道怎樣反駁，的確，如果程黛娜還在，一定不會教出這麼反叛的女兒。

窮裕程沒等他說話，離開了房間。

窮三世只能苦笑，看著海洋。

「親愛的，我真的不懂教她呢。」他把冰水一口喝盡：「我也想妳還在我身邊。」

自從程黛娜離開後，窮三世沒有再婚，甚至沒有找另一個伴侶。

他還是……

一直深愛著程黛娜。

數天後。

窮裕程來到窮三世的秘密研究所中。

「小姐，妳不能進去的，如果給老爺知道……」潘尼管家說。

「你不說我不說，他又怎會知道？」窮裕程說。

窮裕程拿著從父親那裡偷來的門卡拍門，他們走進了這間位於海底最深處的秘密研究所。

「是誰？」

在秘密研究所內有三個人，他們都穿上了研究人員的制服，他們是……周志農、書小嫣，還有白潔素。

周志農與白潔素經過十七年時間沒什麼大改變，只是變老了，不過書小嫣已經長大，變成一個成熟的美人兒。

當然，他們已經不是A和Z時空的那個人，他們是「隨機編選」，而且性格善良，現在成為了窮三世的研究人員。

成為了「時空旅行」的研究人員。

「小姐？」書小嬿認識窮裕程：「為什麼妳會來這裡？」

「小小？原來妳就是在這裡工作！」富裕程說：「我知道爸爸一直研究回到過去的時空旅行，我也要回到過去！」

「不，沒有你爸的批准，沒有人可以。」周志農的樣子不再猥瑣，變得很正直。

「我就是代表了我爸爸！」

「小姐，別要任性吧！」潘尼管家說。

「如果你們不讓我去，我會公開你們一直以來的實驗！」窮裕程說。

「不行，如果公開了，世界會大亂！」白潔素說。

「我現在就拍片Upload上網！」

「妳真的很想去時空旅行嗎？」

此時，一個老男人走了過來，他身形瘦削，戴著古老的眼鏡。

「我是這裡的主管，我叫*達文。」他說。

「主管來了就好！我要去時空旅行！」窮裕程走向他。

「妳給我一個理由，為什麼我要讓妳回到過去？」達文問。

「因為我是窮三世的女兒！」

達文沒有說話，只是繼續看著她，達文要她知道，這個根本不是理由。

「我……我……」窮裕程低下了頭：「我懂事以來，從來也沒見過媽媽，我想回去見她，見一眼也好……」

窮裕程一直也很想知道媽媽長什麼樣子，當然她有看過媽媽的相片，不過她真的很想真真正正見到程黛娜。

實驗室內所有人都靜了下來。

「好吧。」達文微笑說：「不過妳一定要依照我們的規矩，知道嗎？小妹妹。」

「真的嗎？！太好了！我一定會很聽話！」

「達文，這樣……」白潔素想阻止。

「如果是妳的兒子想回去見已經死去的妳，我想妳也會讓他去吧。」達文說。

達文想起了三個人，第一個叫*梁愛程、第二個叫*許向洛，而第三個叫*段大志，他們都是曾經經歷過時空故事的人。

達文把窮裕程帶到一個奇怪的地方，這裡什麼也沒有，純白的地方，燈光只照著中央的幾張椅子。

「第一個規矩，就是潘尼管家要跟妳一起去，因為多一個人照應會比較好。」達文說。

「放心，我會好好看著小姐。」很明顯潘尼管家已經不是第一次時空旅行。

「我沒所謂！不過……」程黛娜看著中央的椅子：「這樣就可以時空旅行嗎？」

在中央放著的是幾張……*舊式的理髮椅。

＊達文，請欣賞孤泣其他小說作品《戀愛崩潰症》、《你最近好嗎？》、《教育製道》。

＊梁愛程，《戀愛崩潰症》男主角，詳情請欣賞孤泣另一小說作品《戀愛崩潰症》。

＊許向洛，《你最近好嗎？》男主角，詳情請欣賞孤泣另一小說作品《你最近好嗎？》。

＊段大志，《教育製道》男主角，詳情請欣賞孤泣另一小說作品《教育製道》。

＊舊式的理髮椅，時空旅行原理請欣賞孤泣《戀愛崩潰症》、《你最近好嗎？》、《教育製道》等作品。

那天，聖比得住宿之家大廈。

「我們這裡不是什麼人都可以入住的，妹妹，妳還是走吧。」包租婆說。

「不過，我已經無家可歸了……」窮裕程扮成可憐的樣子：「我一個女生要睡在天橋底了……」

包租婆看著可憐的她不忍心。

「好吧好吧！」包租婆看看數簿：「還有一間207號房，就給妳住吧。」

「太好了！」窮裕程高興地說：「我想問妳，是不是有一個叫程黛娜也住在這裡？」

「啊？妳認識黛娜？」包租婆問。

「她是我的師姐！不過，請不要向其他住客說我入住，可以嗎？」窮裕程說。

「妳大可放心，我們的住客資料都是保密的！」

「太好了！」

「我先幫妳登記，妳叫什麼名字？」包租婆問。

窮裕程想了一想：「我叫富……富裕程！」

就這樣，窮裕程正式開始住在過去的聖比得住宿之家大廈，她不常來，不過當她想找個屬於自己的私人空間時，就會到來。

最初，她沒有遇上媽媽，直至有一天，她決定偷偷走進程黛娜的劏房，在她的桌上發現程黛娜的日記。窮裕程知道有這本日記，但就沒有看過裡面寫了甚麼。日記本一直放在放置程黛娜遺物的房間內。

日記記錄了程黛娜曾經經歷的事，還有怎樣認識窮三世，她終於知道了爸爸媽媽過去的故事。

直至那天，她終於跟媽媽見面，她不能告訴程黛娜自己就是她的女兒，窮裕程掩飾著自己的喜悅，跟媽媽……

第一次對話。

那天見到媽媽後，她跟潘尼管家回到樹林，坐上了黑色轎跑車。

從她的眼神之中，感覺到一份依依不捨。

此時，她的手機響起，她拿出了一台奇怪的手機，出現了一個男人的立體影像。

「窮裕程，妳捨得回來了嗎？」男人說。

他是窮三世。

他又怎會不知道女兒做的好事呢？不過，窮三世選擇了「讓她去經歷」。一直以來窮三世都會回到過去，偷偷躲在遠處看著年輕的自己與程黛娜，有一次在聖比得附近的山坡，差點就被發現，幸好一隻野貓救了他。

「我現在回來了……」窮裕程說：「爸爸。」

「這是最後一次了。」窮三世說：「知道嗎？」

窮三世沒有生氣，平心靜氣地告訴自己疼愛的女兒。

從前的窮裕程一定會反駁，不過，當她知道了父母的過去後，她改變了。

「知道了，爸爸。」

窮裕程眼眶中的眼淚在打滾，她說出了一句從來也沒有說過的話。

從來沒對過爸爸說的說話。

……

…

.

「對不起，爸爸。」

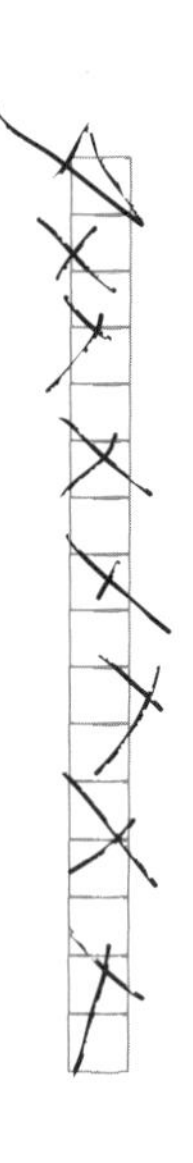

十四年後，二零五二年。

三十一歲的窮裕程與張德已經結婚四年，她由一個任性的女孩變成了一個成熟懂事的女人，而且將要成為一位母親。

他現在懷有五個月的身孕。

「妳的肚子愈來愈大了！」張德溫柔地撫摸著窮裕程肚子。

「五個月了，再過幾個月就出生了。」窮裕程說：「爸爸，你想好了兒子的名字嗎？」

「張二世！」

「什麼？二世？你又學我爸嗎？孩子長大後一定被同學笑死啊！」

「說笑而已，我還未想好，還有很多時間呢。」張德說。

此時，他的手機響起，他按了一下右手手臂，收聽電話。

「黃奎安叔叔？」

「別忘記今晚我們有約。」黃奎安說。

「當然，我已經準備出門了。」

「一會見。」

「再見。」

「今天你放假，又要去工作嗎？」窮裕程問。

「不是工作，黃奎安叔叔好像有什麼要跟我說。」張德笑說：「我懷疑又是有關奎安嫂的家事，哈！」

「又是男人的事嗎？好吧，早點回來吧！」窮裕程摸著肚子說：「我們母子要爸爸在才能安心睡覺。」

「遵命！老婆大人！」張德一邊笑一邊彎下身，對著她的肚子說：「還有我的可愛孩子。」

張德離開，窮裕程看著他的背影，奇怪地，她有一種……不祥的預感。

黃奎安約好張德的地方，不是酒吧，而是……秘密研究所。

在場只有達文、黃奎安與甲田由，他們沒有將這次「行動」告訴窮三世。

黃奎安說出張德回到過去拯救窮三世的事，還有張德失憶的事。

「如果窮死了，裕程就不會存在。」甲田由說：「所以……」

「我去！」張德完全沒有猶豫。

他們也沒想到張德一口答應，不過，他們知道張德一定會為窮裕程做任何事，因為他們知道張德深深愛著她。

黃奎安說張德會先到Z平行時空，然後會到B平行時空遇上窮三世。

「你什麼也不能跟窮三世說，而且你要跟著過去的『劇本』走。」甲田由說：「這樣，未來才不會改變。」

「沒問題。」張德認真地問：「我想知道，最後我……我可以回來嗎？」

他們沒有說話，代表了這已是答案。

黃奎安與甲田由都知道張德快成為父親，不過，這卻是迫不得已的事，所以他們沒告訴窮三世，因為他們知道窮三世一定會阻止。

「我明白了。」張德緊握著拳頭：「現在出發吧！」

「跟我來。」達文把張德帶走。

黃奎安與甲田由知道張德必須要死才不會改變未來，他們心中也不好受。

世界是殘酷的，時空亦一樣。

張德離開了不久，甲田由與黃奎安還在等待另一個人。

「你已經到過『過去』的**E**平行時空？」黃奎安問。

「對，我已經跟**E**說了所有事，而且也把手槍和模型車交給了他，等他交給窮的好友，再交給他自己。」甲田由說：「我還扮成口吃，讓他知道是我。」

「明白。」

「還有，我已經去過**B**平行時空更早的過去，在305號房床下刻了『**Find Me!**』等英文字，到時窮就會發現，然後去找**E**。」甲田由說。

「很好，一切依著劇本進行。」黃奎安在桌上的紙條寫上這句句子。

「甲生，他來了。」廣播器傳來聲音。

「讓他進來吧。」

此時，大門打開，一個三十多歲的男人走了進來，他的樣子非常英俊，不過，皮膚都崩緊的，有點像機械人。

他是……沾沾仔，巫俊沾。

「沒想到會有這個地方。」沾沾仔走向他們兩人：「兩位，這次有什麼新任務？」

他們一早已經認識沾沾仔，他整容的手術費都是他們提供的，沾沾仔可以說是他們一直雇用的殺手，這次，將會是他的最後任務。

「你先坐下來吧。」

黃奎安詳細地跟他解釋整件事，那個讓他毀容的母親，在另一個時空的巫奕詩，還有其他的住客。

黃奎安要沾沾仔欺騙瑞口智與Z，其實真正是在幫助窮三世。

「這是給我一次報仇的機會？」沾沾仔說。

他們沒有說話。

「沒問題，我去。」沾沾仔簡單地回答。

其實他們救了沾沾仔的那天，沾沾仔的人生已經一早交給了黃奎安與甲田由，也許是報恩，也許是潛意識要報仇，最後沾沾仔也決定完成這次任務。

他看到黃奎安在紙上寫著的……

「一切依著劇本進行。」

交代了出發日子與時間，沾沾仔離開。

「我也要走了，明天我有個訪問。」黃奎安說。

「是什麼訪問？」

「全世界最年長的不老症患者。」

「嘿，對，世界上就只有你一人。」甲田由苦笑：「你這個老不死。」

黃奎安與甲田由對望，笑了。

他們一直以來的經歷絕不簡單，也許，他們的關係，跟那些在公園下棋的老頭一樣，不用多說半句，在棋盤上已經說明了。

在歲月之中……已經說明了。

五個月後，醫院產房。

「超可愛！」書小嫆抱著嬰兒：「裕程，妳看他的眼睛很大，真像妳！」

「我覺得像爸爸一樣英俊！」周志農說。

書小嫆碰碰周志農的手臂，要他別要提起窮裕程的傷心事。

窮裕程已經知道張德沒有回來的事，黃奎安和甲田由把所有事告訴了窮三世和窮裕程，窮三世生氣得快要把他們殺死，不過，當時的窮裕程卻緊緊擁抱著爸爸。

「別要怪叔叔他們。」窮裕程說：「這是張德的選擇，如果反過來是我，我也會這樣做。」

窮三世的眼淚流下，除了是為張德而流，也是為了窮裕程。

他最深愛的反叛女兒，真正長大了。

他們一起擁抱著痛哭。

窮裕程當然非常痛苦，不過，她知道如果爸爸死去，自己就不會出生、就不會遇上張德、就不會跟張德擁有快樂的時光、就不會擁有他們的孩子。

她知道張德的選擇是對的，同時她也明白張德的心情。

窮裕程要好好把孩子生下來，她要教好自己的孩子，將來一定要成為像爸爸一樣偉大的男人。

「裕程，想好名字了嗎？」甲田由轉移了話題。

她看著爸爸微笑：「已經想好了。」

當年，張德在死前曾跟窮三世說出一個名字，這個名字窮三世一直也沒有忘記，牢牢記著。

「是張德替自己兒子改的名字。」窮裕程笑說：「他叫……張望來。」

希望與未來。

窮三世拍拍窮裕程的頭笑說：「很快妳就明白我養大妳有多艱難了。」

窮裕程點點頭微笑：「放心，我不會寵壞他的。」

這代表了，窮三世一直寵壞窮裕程，她才不會跟爸爸一樣。

在產房的人都在笑了。

只有一個男孩在哭。

「他餓了，要吃奶了。」

此時一個男婦科醫生走了過來，他就是替裕程接生的醫生，他是……郭首治。

「大家別阻住媽媽餵奶。」郭首治笑說。

窮裕程把書小媱手上的望來抱過來。

「好了，我們先走了，過兩天再來探妳吧。」書小媱說。

「好，再見了各位。」

大伙兒離開。

「窮裕程，產後報告一切也很正常，沒問題，很快妳就可以出院。」郭首治溫文地說：「我也先走了，有問題就叫我吧。」

「好的，謝謝你郭醫生。」

窮裕程開始餵著人奶，在她的胸前，有一個蝴蝶的紋身，跟她媽媽一樣的紋身。

她看著吃得滿足的望來，眼淚也不禁地流下。

不是痛苦的眼淚，而是快樂的眼淚。

「望來，你一定要健康長大。」裕程在淚中微笑：「媽媽一世都愛你。」

十年後。

六十六歲的我，選擇了退休。

很多人跟我說，當年巴菲特九十多歲也沒有選擇退下來，為什麼我會選擇現在退休？

我笑說：「巴菲特沒經歷過我的經歷，他當然可以一直努力不懈工作下去。」

某個主席問我是什麼經歷。

我說：「穿越平行時空，回到過去。」

然後，大部份人也大笑，他們都當我說的都是黑色幽默笑話，嘿。

對，誰會相信一個老人家說年輕時曾經穿越平行時空？

不會有人相信，只有……「他」。

今天我們約在聖比得住宿之家大廈見面，現在聖比得已經改建為老人院，這裡是全球最先進的老人院，最重要是，年老的窮人也可以入住，完全不收費。

我來到老人院的公園中等他，沒想到，他已經一早來了，我跟他打招呼。

計起來，他已經八十一歲，不過看來他比我更精神。

「你怎麼約人在老人院見面？你是不是知道我住在這裡又行動不方便？」他風趣地說：「你錯了，我還可以跑十公里！」

「我的一切，都是由這裡開始的。」我坐到他身邊：「所以來這裡特別有意義。」

「好吧，算你吧，我喜歡你的答案。」他笑說。

我們一起看著山下深井的風景。

「這次可能是我們最後一次見面了，因為不到十年後，二零七一年，世界將會進入*『黑暗期』。」他說。

「這又是你的小說故事嗎？」我笑說。

「窮，我多年前出版的《劏房》都是小說故事，你說是不是真的？」他說。

「嘿，我不跟你爭辯了。」我苦笑。

「你找我出來做什麼？RRM集團已經沒你忙的事？這麼悠閒。」

「都交給年輕人了，自從黃奎安死後，我也決定慢慢退下來。」我說：「老孤，我找你要有理由嗎？就當是老朋友見面不行？」

他看著我微笑。

又給他看中了，我其實有事想問他。

「我想問你一個問題。」我說。

「是？」

「為什麼你當年會相信我這個有關『劏房』的故事？」我問。

他笑了。

「在這個社會，要相信一個人是很困難的。」他說：「不過，我反而願意相信一個會分享自己故事的人。」

我明白他的意思。

「世界上，如果沒有像『幻想』一樣的故事，真的很沒趣，所以我才會寫這些不可思議的故事。」

他看著藍藍的天空：「人生是什麼？當你過著平凡的日子，會嚮往多姿多彩、不可思議的生活；當你過著多姿多彩的生活時，又會想回去平凡的日子，人，就是這樣的一種奇怪生物，不是嗎？」

「的確如此。」

「所以，我寧願選擇相信你的故事，因為這樣會讓我的生命變得更精彩。」他認真地說：「了解與相信別人的故事，讓自己的故事更加精彩，無論是窮人的故事，還是有錢人的故事，都可以同樣的精彩。」

在這個爾虞我詐的世界中，我們都不太相信別人，不過，他選擇了相信別人，相信我這個……「窮人」。

「不能否認，世界充滿了醜惡的人性，不過，同時也有善良的一面，我只是選擇用『相信別人』，來讓世界變得更美好。」他說：「讀者經常問我故事是不是真的？是不是真的存在某個角色？是不是真的有發生過？我每次都是這樣跟他們說……」

他吸了一口大氣然後說。

「是真的，所有人與事，都一直存在於這裡。」

他用手指指著自己的胸前，他說的是……「心」。

存在於每個人的「心」中。

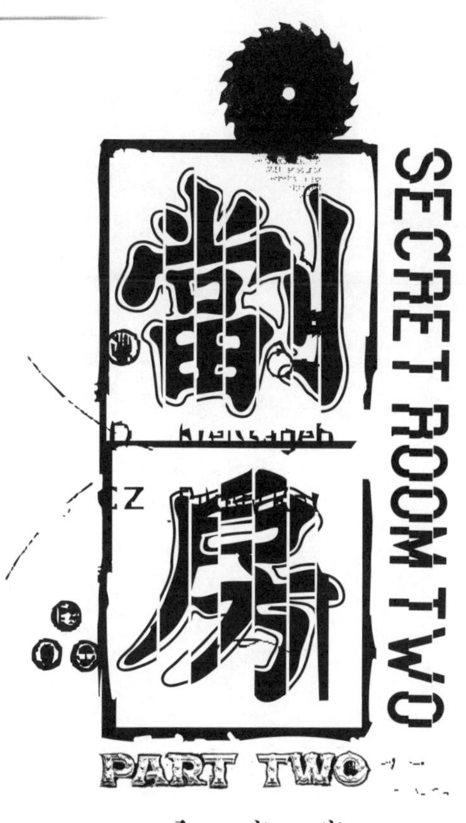

全　文　完

＊二零七一年「人類黑暗期」，請欣賞孤泣另一作品《低等生物》與孤泣小說世界TIMELINE。

後記

燒腦的程度，是史無前例的。

落筆之初，我在想，已經寫過回到過去、時空旅行、黑洞、時間等等不同的題材，唯獨沒寫過完整的「平行時空」，然後，我決定創造屬於孤泣世界的「平行時空世界」。

《劏房》的第一部是「開端」，然後第二部是「結局」，解釋了全部支線的來龍去脈。不知道從何時開始，我已經不再寫「簡單」的故事，我很喜歡寫錯綜複雜的小說。不過，寫了這麼多年，還是有一件事沒有改變的，就是我要你……「意想不到」。

然後，把故事讀完後，會回味當中不同的情節，畫面揮之不走。

你有這個感覺嗎？

我出生時，是住在天台加建的木屋，之後搬到去一間鋪位的閣樓，三家人，一起住在同一個閣樓。當時我們很窮，不過卻是我最快樂的童年。

就如故事中其中一個讓人反思的想法……「窮也可以很快樂」。

聖比得住宿之家大廈的住客，每一個人我都有跟他們溝通過，真的，我經常跟他們聊天，尤其是窮三世，我跟他聊得最多，我很明白他的感受，被人看不起的感受。

最後，他成功完成他的「願望」。

有哪一個偉大的人，當初不也是普遍人？

認識他們兩個多月，我很捨不得聖比得一班住客，不過，任何事還是有完結的一天。總有一天，我知道，我們可以再次見面。

我用手指指著自己的胸前。

你們會一直存在於「這裡」。

直至永遠。

孤泣字

13/11/2021

LWOAVIE RAY TEAM

孤泣特別鳴謝小說團隊

由出版第一本書開始，只得我一人。直至現在，已經擁有一個孤泣小說的小小團隊。謝謝一直幫忙的朋友。從來，世界上衡量的單位也會用金錢來掛勾，但在這個「孤泣小說團隊」中，讓我發現，別人為自己無條件的付出。而當中推動的力量就只有四個大字——

「我支持你」

很感動！在此，就讓我來介紹一直默默地在我背後支持的團隊成員。

EDITING

曦雪 WINNIFRED

愛幻想、愛看書、愛笑愛叫的怪小孩，平時所有愛做的都不會做，喜歡寫作卻不會寫，說是因為懂寫不懂作。

現實中Winnifred是化妝師，見證多少有情人終成眷屬。喜歡美麗的事物，自成一角的審美態度：「美，可以是看不到、觸不到，卻能感受得到。」機緣巧合，成為孤泣的文字化妝師。

首喬

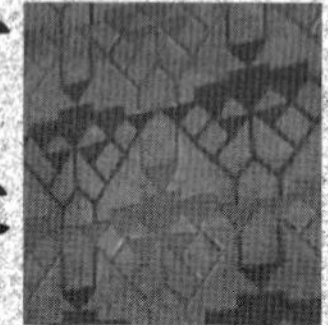

卞之琳這樣說：「你站在橋上看風景，看風景人在樓上看你。明月裝飾了你的窗子，你裝飾了別人的夢。」能夠裝飾別人的夢，是錦上添花。

RONALD

學藝未精小伙子，竟卻有幸擔任孤泣小說的校對工作。可說是人生一大幸運的事。

小雨

顧城說：「黑夜給了我黑色的眼睛／我卻用它尋找光明」，願我們黑色的眼睛，不會忘記光明的樣子，不放棄。

APP PRODUCTION

JASON

傳說中的 Jason 是以戇直、純真、傻勁加上一點點的熱血配製而成。為了達成為一個小小的夢想、忍痛放棄一份外人以為穩定的工作，毅然投身自由創作人的行列。希望可以創作屬於自己的 iOS App、繪本、魔術書、氣球玩藝書、攝影手冊、攝影集、IT工具書等。

歡迎大家來www.jasonworkshop.com參觀哦！

I only have one person. Until now, I already have a small team of solitary novels. Thank you for your help. In the

MULTIMEDIA

GRAPHIC DESIGN

阿鋒

平面設計師，孤泣愛好者。由讀者搖身一變成為團隊成員之一，期望以自己的能力助孤泣一臂之力。

RICKY

平面設計師，兜了一圈，原地做夢！感激孤泣賞識同時多謝工作室團隊，這團火燒到了我。創作人，路是難行但並不孤單。

阿祖

喜歡電影、漫畫、小說、創作，希望替孤泣塑造一個更立體的世界。

ILLUSTRATION

13

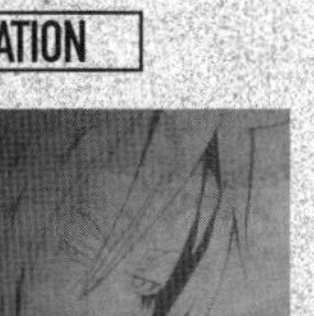

不善於用文字去表達心情，但喜歡以圖畫畫出一片天空，這片天空是無限大，同時存在了無限個可能。多謝孤泣給我機會發揮我自己，而孤泣的小說，是我的優質食糧。

LEGAL ADVISER

X律師

當孤泣問我如何殺人不坐監、未來人受不受法律約束時，我決定成為他的顧問，律師費請匯入我戶口，哈哈。

PROPAGANDA

孤迷會_OFFICIAL

www.facebook.com/lwoavieclub

IG: LWOAVIECLUB

孤泣
作品
LWOAVIE
RAY

編輯／校對　首喬
設計　@rickyleungdesign

出版：孤泣工作室有限公司
荃灣德士古道 212 號，W212, 20/F, 5 室
發行：一代匯集
旺角塘尾道 64 號，龍駒企業大廈，10 樓，B&D 室
承印：美雅印刷製本有限公司
觀塘榮業街 6 號，海濱工業大廈，4 字樓，A 室

出版日期：初版一印 2022 年 7 月

ISBN 978-988-75830-3-5
HKD $108

孤出版